이토록 친절한 문학 교과서 작품 읽기

시조•민요•두시언해 편

이토록 친절한
문학 교과서 작품 읽기

시조 · 민요 · 두시언해 편

:: 하태준 지음

다산
에듀

차례

제1장 시조 [그리운 임을 기다리며]

제2장 시조 [고려 유신들의 노래]

제3장 시조 [자연이 가장 좋은 친구로다]

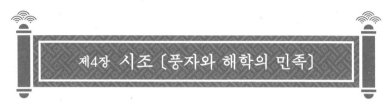

제4장 시조 [풍자와 해학의 민족]

제5장 민요

제6장 두시언해

시조는 왕에서 기생과 천민에 이르기까지 온 백성이 창작할 수 있었던 문학 갈래였습니다. 시조는 초장, 중장, 종장으로 구성되며 형식상 평시조, 평시조의 중장의 길이가 늘어난 사설시조, 평시조를 여러 개 잇댄 연시조, 평시조의 초장이나 중장 중 어느 한 장의 길이가 늘어난 엇시조 등으로 구분합니다.

가장 기본이 되는 평시조의 기본 형태는 3장 6구 45자 내외이고, 종장의 첫 어절이 3음절입니다. 조선 초기에는 그 형식이 훨씬 엄격해서 거의 모든 어구의 글자 수가 정해져 있었으나 점차 많은 사람들이 창작하게 되면서 종장의 처음 두 어절의 음수율 3·5음절을 지키면 되었습니다. 근대로 오면서는 종장의 첫 어절만 3음절로 지키면 되어 점차 형식적 제약이 느슨해졌습니다.

시조는 창작자에 따라 담고 있는 내용과 주제가 나뉩니다. 선비들은 연군지정과 강호가도(조선 시대 시가 문학에서 보이는 자연 예찬 풍조) 등을 노래하였으며, 기녀들의 시조에는 임과의 사랑과 이별이 담겼고, 조선 후기로 오면서 평민 계층이 짓는 사설시조가 유행하게 되자 서민들의 일상 풍경이 새 주제로 등장하게 되었습니다.

제1장

시조
그리운 임을 기다리며

어져 내 일이야

우리는 어차피 헤어질 운명

황진이

우리나라의 역사적 인물 중에 황진이만큼 대중에게 많은 사랑을 받은 여성은 드뭅니다. 남자들의 이야기가 가득한 역사 기록에 황진이는 당당하게 자신의 이름을 빛내고 있습니다. 소설, 영화, 드라마 등의 이야기로도 만들어져 많은 사람들의 사랑을 듬뿍 받았지요.

황진이는 미모와 학문, 노래와 춤 실력으로도 유명하지만 자유롭고 급진적인 성격으로도 널리 알려져 있습니다. 당대 뛰어난 학문과 덕으로 이름을 날린 선비들을 유혹하여 자신의 것으로 만들기도 했고 사랑하는 사람과 금강산 등 조선 팔도를 유람하며 인생을 즐겼습니다.

황진이는 선비들과 대등하게 교류할 정도로 학식을 두루 갖추었으며 많은 선비들이 그녀의 시를 칭송했는데, 현재 남아 있는 작품은 시조 네 수와 한시 두 수뿐입니다.

아아, 내가 한 일이야, 그리워할 줄을 몰랐더냐?

황진이가 마루에 나와 기둥을 잡고 서서 대문 쪽을 바라보고 있
습니다. 한 명의 연인과 오래 정을 나눌 수 없는 것이 기생의 운명
입니다. 초장의 문맥을 보니 황진이가 스스로 그 사람을 떠나보낸
것 같습니다. 자신이 한 일이지만 이렇게 그리울지는 미처 몰랐겠
지요.

있으라고 했다면 갔겠냐마는 제가 구태여,

중장의 '제가 구태여'는 중의적 해석이 가능한 구절입니다. '제가 구태여 갔겠냐마는'으로 읽는다면 임이 이별의 주체가 되어 화자를 '굳이' 떠난 것으로 해석할 수 있습니다.

행간 걸침으로 해석하여 다음 종장과 연결해 '제가 구태여 보내고'로 읽는다면 임을 보낸 화자 자신의 행동을 자책하는 것으로 읽을 수 있습니다. 자신이 임을 떠나보냈든, 임이 떠나갔든 임과 함께할 수 없는 상황에 대한 애틋함이 밀려옵니다.

보내고 그리는 정은 나도 몰라 하노라.

황진이는 당시 조선에서 가장 유명한 기생이었습니다. 황진이가 머무르는 곳이면 그녀를 보기 위해 기다리던 남자들이 긴 줄을 이루었다고 합니다. 당시 이름난 문인들을 만나기를 즐겼던 콧대 높은 황진이도 마음속에 오래 품은 정인이 있었겠지요. 기생이라는 직업 때문에 짧은 만남에 아쉬움을 남기며 이별을 고해야 하는 상황이 많았을 겁니다. 스스로 정인을 떠나보내고 남은 그리움은 시간만이 해결해 줄 수 있겠지요.

어져 내 일이야

황진이

어져 내 일이야 그릴 줄을 모로듯냐.

이시라 ᄒᆞ더면 가랴마ᄂᆞᆫ 제 구ᄐᆞ여

보ᄂᆡ고 그리ᄂᆞᆫ 정(情)은 나도 몰라 ᄒᆞ노라.

'어저 내 일이야'는 황진이의 시조 중에서 기생의 신분적 제약으로 인한 고뇌가 가장 두드러진 작품입니다. 기생의 입장으로 보면 남자란 그저 즐기러 왔다가 시간이 되면 떠나는 존재들입니다. 황진이가 만났던 남자들은 대부분 양반 계층의 유부남이었기 때문에 황진이가 아무리 좋다 하더라도 결국 가정으로 돌아가야 했습니다. 이 작품 속에는 기생의 신분이지만 좋아하는 사람을 잃고 싶지 않은 여인의 마음과 굳이 가지 않겠다고 하는 남자라도 억지로 떠나보내야 하는 모순에서 오는 고민이 잘 드러납니다.

 핵심 정리

- 형식: 평시조, 기녀 시조
- 연대: 조선 중기
- 출전: 『청구영언』
- 성격: 감상적, 애상적, 그리움, 여성적, 연정가, 이별가
- 주제: 스스로 보낸 임에 대한 그리움
- 의의: 도치법(또는 행간 걸침)을 통해 화자의 심리를 효과적으로
  　　　표현함

동짓달 기나긴 밤을

가장 긴 밤을 당신과 함께

황진이

'동짓달 기나긴 밤을'은 황진이가 남긴 작품 중에서도 표현 기교가 세련되고 우리말의 아름다움이 훌륭하게 표현된 시입니다. 뿐만 아니라 시조 전체를 통틀어서도 가장 아름답고 문학성이 뛰어난 작품으로 손꼽히지요. 당대의 명창 이사종과의 열정적인 사랑이 이 작품에 담겨 있다고 전해집니다. 이사종의 노래 실력을 흠모하던 황진이가 우연히 그를 만나 동거를 제안하고, 육 년의 시간 동안 함께한 뒤 헤어졌다는 이야기가 있습니다.

황진이의 시조를 비롯한 기녀들의 시조는 인간의 희로애락의 정서를 숨김없이 표출시키면서 순수한 우리말을 사용하며 세련된 표현 기법을 보여 준다는 특징이 있습니다.

동짓달 기나긴 밤의 한가운데를 베어 내어,

동짓날은 일 년 중 밤이 가장 긴 날입니다. 임과 함께할 수 없는 밤은 동짓날 밤처럼 길고도 지루하게 느껴집니다. 그 긴 밤의 한가운데를 잘라 낸다고 표현한 것은 추상적 개념인 시간을 시각화해서 나타내는 기법입니다. 현재 남아 있는 황진이의 작품 중 독창성이 가장 뛰어나다고 평가되는 구절입니다.

춘풍 이불 아래 서리서리 넣어 두었다가,

잘라 낸 밤을 곱게 접어 이불 안에 넣어 놓았다가 임과 함께하는
밤에 꺼내 봄바람처럼 따뜻하고 포근한 시간을 보냅니다. 잘라 낸
밤의 시간을 모아 두었다가, 임이 오신 날 밤에 꺼내 놓고 긴 시간
을 함께 보내려는 것이지요. 우리가 돈을 저금해 놓았다가 필요할
때 쓰는 것처럼 시간이라는 추상적 존재를 손에 잡힐 듯 구체적으
로 표현했습니다. 황진이의 천재적인 시적 상상력이 발휘된 구절
입니다.

정든 임이 오시는 날 밤이면 굽이굽이 펴리라.

드디어 사랑하는 임이 찾아왔습니다. 이제 잘라 낸 밤을 접어 넣은 이불을 펼 차례입니다. 동짓달 긴 밤의 한가운데를 잘라 넣은 이불이니 이제 임과 상당히 긴 밤을 보낼 수 있을 겁니다. 사람들은 미운 사람과 함께 있으면 시간이 가지 않아 지루하고, 좋은 사람과 함께 있으면 상대적으로 시간이 빨리 지나가서 아쉬워합니다. 황진이의 시조에는 좋은 사람과 같이 오랜 시간을 보내고 싶은 마음이 그만의 독창적인 기법으로 표현됩니다.

이렇게 참신하면서도 적극적인 표현은 양반들의 시조와 일반 부녀자들의 시조에서도 잘 찾아볼 수 없습니다. 이 시조에서 보이는 대담하고 세련된 시적 표현들 덕분에 기녀 시조가 우리 문학의 한 갈래로 주목받게 되었지요.

동지(冬至)ㅅ둘 기나긴 밤을

황진이

동지(冬至)ㅅ둘 기나긴 밤을 한 허리를 버혀 내여,

춘풍(春風) 니불 아릭 서리서리 너헛다가,

어론님 오신 날 밤이여든 구뷔구뷔 펴리라.

핵심 정리

- 형식: 평시조, 기녀 시조
- 연대: 조선 중기
- 출전: 『청구영언』
- 성격: 감상적, 낭만적, 서정적, 추상적 개념의 사물화
- 주제: 임을 기다리는 애절한 마음
- 의의: '서리서리', '굽이굽이'와 같은 음성 상징어를 사용하여
  생동감 있게 표현함

마음이 어린 후니

바람 소리가 당신이 오는 소리 같습니다

이 시의 작가인 화담 서경덕은 지리산 산천재의 남명 조식과 더불어 조선의 대표적인 처사ᵃ 입니다. 처사란 벼슬을 하지 않고 학문을 연마하여 자신을 수양하거나 제자들을 양성하는 사람을 말합니다. 서경덕은 변변한 스승 없이 스스로 사물의 이치를 깨달아 자신만의 독자적인 학문 체계를 이루었습니다. 송도(지금의 개성)에 있는 산에 자리 잡은 화담산방에는 당대의 수재들이 모여들어 서경덕의 가르침을 받았으며 많은 인재가 벼슬길에 나가 높은 자리에 올랐습니다.

서경덕과 황진이 그리고 송도에 있는 박연폭포를 더불어 '송도삼절松都 三絶'이라고 합니다. 특히 서경덕과 황진이의 애틋한 사제관계는 당시뿐만 아니라 오늘날까지도 많은 사람들의 입에 오르내리고 있습니다.

황진이는 뛰어난 미모에 학문과 기예를 겸비하여 이름난 기생으로 당시 그녀에게 무릎을 꿇지 않는 남자가 없었다고 합니다. 황진이는 송도의 유명한 인사들, 고려 왕실의 후예인 벽계수*, 살아 있는 부처라 불릴 만큼 덕행이 뛰어난 지족선사** 등을 유혹했는데 유혹에 실패한 딱 한 명의 남자가 있었으니 바로 서경덕입니다. 이 사건 이후로 황진이는 서경덕의 인품을 존경하여 그를 스승으로 모시며 따랐다고 합니다.

* 조선 시대 세종의 서자 영해군의 손자로, 거문고에 능하고 호방하여 풍류를 즐겼던 것으로 전해진다.
** 십 년 동안 수도에 정진하여 생불(生佛)이라 불리던 천마산 지족암의 승려로, 황진이의 눈웃음 한 번에 넘어가 파계했다고 전해진다.

시조 '마음이 어린 후니'는 서경덕이 황진이를 기다리는 마음을
그린 시라고 알려져 있습니다. 여인이기보다는 신뢰하는 제자였
던, 한 인간으로서의 황진이를 기다리는 마음이 애틋하게 표현된
작품입니다.

마음이 어리석으니 하는 일이 다 어리석다.

조선 시대 송도 화담산방의 서경덕과 지리산 산천재의 남명 조식은 많은 선비들이 흠모하는 대표적인 재야在野*의 스승이었습니다. 특히 자신만의 사유 방식을 연마하고 깨달음을 얻어 당대의 석학으로 이름을 날린 서경덕은 수많은 인재들을 길러 낸 진정한 선비들의 스승이었습니다. 그런데 서경덕처럼 학식이 높고 깨달음을 얻은 사람도 기다리는 사람이 있으면 마음이 어리석어지나 봅니다.

* 초야에 파묻혀 있다는 뜻으로, 공직에 나아가지 아니하고 민간에 있음을 이르는 말.

만중운산에 어느 임이 오겠냐마는,

더구나 화자가 사는 곳은 첩첩산중이라 어떤 사람이라도 오기
힘든 곳입니다. '만중운산'은 구름이 겹겹이 쌓인 높고 험난한
산이라는 뜻으로, 화자와 그리운 임 사이를 가로막는 장애물이
되기도 합니다.

지는 잎 부는 바람에 행여 그인가 하노라.

자신이 머무는 곳이 기다리는 임이 오기 힘든 곳이라는 것을 잘
알지만 낙엽이 바스락거리는 소리, 바람 소리만 들어도 그 사람인
가 싶어 고개를 돌리게 됩니다. 화자는 그 마음이 어리석다 여기
고 초장의 내용처럼 자신을 자책하는 것입니다. 사람을 기다리는
마음이 어리석은 일은 아니지요. 당대의 대학자도 책이 손에 잡히
지 않을 정도로 보고 싶은 마음이 간절할 때도 있는가 봅니다.

마음이 어린 후(後) ㅣ니

서경덕

무음이 어린 후(後) ㅣ니 ㅎ 일이 다 어리다.
　만중운산(萬重雲山)에 어닉 님 오리마ᄂᆞᆫ,
　지ᄂᆞᆫ 닢 부ᄂᆞᆫ 브람에 힝여 긘가 ᄒᆞ노라

핵심 정리

- 형식: 평시조
- 연대: 조선 중기
- 출전: 『해동가요』
- 성격: 감상적, 낭만적
- 주제: 임을 기다리는 마음
- 의의: 초장은 일반적 진술, 중·종장은 구체적 진술을 하는 연역
　　　적 방식으로 시상을 전개하며 인간 본연의 순수한 감정을
　　　노래함

묏버들 가려 꺾어

버드나무 가지에 담은 그리운 마음

홍랑

홍랑은 조선 중기 함경도 홍원의 관기입니다. 당시의 문장가인 최경창과 나눈 애틋한 정으로 유명한 인물입니다. 홍랑과 최경창의 관계는 단지 단기적으로 부임을 온 관리와 기생의 일시적인 관계가 아니었습니다. 둘 다 문학과 음악에 조예가 깊은 사람으로서 예술적 영감을 나누었으며 동시에 인간적인 신뢰를 주고받은 운명적 관계라고 할 수 있습니다.

산버들 골라 꺾어 보내노라, 님의 손에

함경도에서의 임기가 끝난 최경창이 한양으로 돌아가게 되자 홍
랑이 배웅을 나갔다가 돌아오는 길에 애틋한 감정을 이기지 못하
고 시조를 짓습니다. 시조와 함께 길가의 버드나무 가지를 꺾어
최경창에게 보냅니다. 버드나무 가지는 아무 데나 심어도 잘 자라
기 때문에 옛 사람들은 떠나는 사람에게 이별의 정표로 버드나무
가지를 꺾어 주었다고 합니다.

주무시는 창밖에 심어 두고 보시옵소서.

홍랑은 함경도 경성에 머무르고 최경창은 멀리 한양으로 떠납니다. 신분상, 거리상 같이 있을 수 없는 상황이기에 헤어질 때 보낸 버드나무 가지라도 임의 방 창밖에 심어 두고 자신을 생각하며 보아 달라는 홍랑의 애절한 마음이 드러납니다.

밤비에 새잎이 나거든 나인가 여기소서.

이후 최경창이 서울로 돌아간 후 병으로 앓아눕게 되자 그 소식을 들은 홍랑은 함경도에서 서울까지 7일 만에 도착하여 정성껏 간호했다고 합니다. 홍랑이 온 뒤 최경창의 병세는 곧 호전되었으나 조정에서는 최경창이 관기를 첩으로 들였다며 관직에서 파직시켰고 홍랑은 홍원으로 돌아가야 했습니다. 후에 최경창이 45세 때 당쟁으로 인해 죽임을 당하자 홍랑은 최경창의 무덤 옆에 움막을 짓고 구 년간 무덤을 지켰다고 합니다. 이때 홍랑은 몸을 단장하지 않아 다른 남자들의 접근을 막았다고 전해집니다. 임진왜란이 발발한 와중에도 홍랑은 고향으로 돌아가서 최경창의 작품들을 지켰으며 이후 최경창의 본가에 전해 주어 문집이 발행될 수 있게 했습니다. 홍랑은 최경창의 묘 앞에서 스스로 목숨을 끊었는데, 자신을 최경창과 함께 묻어 달라는 유언을 남겼다고 합니다. 최경창의 본가인 해주 최씨 문중에서는 기생의 신분이기는 하나 홍랑을 최경창과 본부인의 합장묘 아래 묻어 해마다 함께 제사를 지낸다고 합니다. 한 여인의 위대한 사랑과 정성이 문학 작품으로 남아 오랜 세월 우리에게 감동을 줍니다.

묏버들 골히 것거

홍랑

묏버들 골히 것거 보내노라 님의손디,
자시는 창 밧긔 심거 두고 보쇼셔.
밤비예 새닙곳 나거든 날인가도 너기쇼셔.

'묏버들 가려 꺾어'는 우리나라 역사를 통틀어 가장 엄격한 신분제 사회였던 조선을 배경으로 신분을 뛰어넘는 사랑에 대해 노래합니다.

고전 문학 중에는 '서동요'처럼 신분을 뛰어넘는 이야기들이 여럿 전해집니다. 이 작품 역시 남녀의 사랑을 절절하게 표현했습니다. 홍랑은 제도와 신분의 벽에 맞서 주체적으로 사랑을 완성시켰습니다. 파주시 교하면 율하리 최경창의 묘에 가면 최경창의 시가 새겨진 '고죽시비' 뒷면에 홍랑의 시가 '홍랑가비'라는 이름으로 새겨진 비석이 있습니다. 두 사람이 남긴 작품은 죽어서도 함께 숨 쉬고 있습니다.

 핵심 정리

- 형식: 평시조, 기녀 시조
- 연대: 조선 중기
- 출전: 『청구영언』
- 성격: 감상적, 애상적
- 주제: 헤어지는 임에게 보내는 정표
- 의의: 세련된 표현 기교와 순수 국어를 사용하여 남녀 간의 애정 및 인간의 정서를 솔직하고 담대하게 표현함

이화우 흩뿌릴 때

이별의 봄, 그리움의 가을

매창(계랑)

조선에 황진이만큼이나 유명했던 대표적인 기녀 한 명이 더 있습니다. 바로 매창입니다. 매창은 거문고와 시 짓기에 뛰어나 허균, 유희경, 이귀 등 당대의 많은 문인들과 교류했다고 합니다. 기녀들의 시조는 대부분 사랑하는 사람과의 필연적인 이별을 주제로 하며, 그로 인한 그리움의 정서가 주를 이룹니다. '이화우 흩뿌릴 때'는 매창이 당시 '천민 시인'으로 이름을 날렸던 유희경을 그리워하며 지은 시입니다.

유희경은 천민 출신이었지만 한시를 짓는 능력이 뛰어나서 그의 작품은 당시 사대부들에게 많은 사랑을 받았다고 합니다. 매창은 유희경보다 나이가 28세나 적었으나 시라는 언어로 그 벽을 뛰어넘어 깊은 정을 주고받았습니다.

배꽃이 흩날릴 때 울며 잡고 이별한 임.

하얀 배꽃 잎이 눈처럼 흩날리는 모습을 상상해 보세요. 따뜻한 봄바람에 떨어지는 배꽃 잎을 맞으며 서 있는 여인의 눈에서 눈물이 뚝뚝 떨어집니다. 떨어지는 꽃잎과 눈물이 하강하는 이미지가 조화를 이루며 슬픔 속으로 가라앉는 마음을 시각적으로 보여 줍니다.

추풍낙엽에 임도 나를 생각하고 있을까?

배꽃 흩날리는 봄에 떠나간 임은 낙엽이 지는 가을이 와도 돌아오
지 않습니다. 화자는 임을 다시 만날 수 있을 거라는 헛된 기대는
하지 않습니다. 그저 임이 자신을 잊지 않고 가끔 떠올려 준다면
좋겠다고 생각합니다.

천 리 길 머나먼 곳에 외로운 꿈만 오락가락하는구나.

화자는 임이 어디에 있는지 모르기 때문에 임과의 정서적 거리가 천 리만큼 멀게 느껴집니다. 이 시는 이별로 인한 시간적, 공간적 거리감을 아름다운 풍경으로 표현하여 섬세한 감각이 돋보입니다. 사실 매창과 유희경은 단 한 번 만남을 가졌다고 합니다. 한번의 만남과 이별이 이토록 절절한 시로 표현된 것은 그들의 사랑이 운명과도 같았기 때문이 아닐까요.

이화우(梨花雨) 흣뿌릴 제

매창(계랑)

이화우(梨花雨) 흣뿌릴 제 울며 잡고 이별흔 님.

추풍낙엽(秋風落葉)에 저도 날 싱각하는가.

천 리(千里)에 외로운 쑴만 오락가락흐노매.

 핵심 정리

- 형식: 평시조, 기녀 시조
- 연대: 조선 중기
- 출전: 『청구영언』
- 성격: 감상적, 애상적, 그리움
- 주제: 스스로 보낸 임에 대한 그리움
- 의의: 시간의 흐름과 하강의 이미지를 통해 시적 화자의 정서를 심화시킴

반중 조홍감이

붉은 홍시를 보니 어머님이 떠오르네

박인로

'반중 조홍감이'는 조선 중기 대표적 가사 작가인 노계 박인로가 지은 작품입니다. 이 시는 박인로가 학문을 배우기 위해 학자 장현광을 찾아갔을 때 장현광이 홍시를 대접하면서 홍시를 소재로 시조를 지어 보라 하여 지었다고도 하고, 박인로와 절친하게 지냈던 한음 이덕형이 보내온 조홍시*를 보고 육적의 회귤고사를 떠올리며 돌아가신 어머님을 추억하며 지었다고도 합니다.

육적은 중국 오나라 때 사람으로, 아버지를 여의고 홀로된 어머니를 모시고 살았습니다. 육적이 6세 때 원술이라는 사람이 육적에게 귤을 대접했는데, 육적은 당시에 무척 귀했던 과일인 귤을 먹지 않고 있다가 원술이 자리를 비운 사이 품 안에 귤 몇 개를 감췄다고 합니다. 돌아갈 때가 되어 인사를 하는 중에 품 안에 감추었던 귤이 떨어져 바닥에 구르자 원술이 그 이유를 물었고 육적은 가난한 형편에 귀한 과일을 보니 어머님이 생각나 드리려 했다고 답했습니다. 원술은 어린 소년의 효심에 몹시 감동했다고 합니다.

---

* 다른 감보다 일찍 익는 홍시 종류. 빛깔이 몹시 붉다.

소반 위에 조홍감이 곱게도 보이는구나.

효심이 깊었던 박인로는 붉은 빛깔의 맛있어 보이는 감을 보니 생
전에 홍시를 좋아하시던 어머님이 생각납니다.

유자가 아니라도 품어 갈 만하다마는

시어 '유자'는 앞서 소개한 육적의 회귤고사에 나오는 귤을 의미
합니다. 조홍감의 붉은 빛깔을 보니 귤보다는 귀하지 않은 과일이
더라도 어머님께 갖다 드리면 좋아하실 것만 같습니다.

품어 가도 반길 이 없으니 그것을 서러워하노라.

하지만 박인로의 어머님은 이미 돌아가셨으니 조홍감을 품어 간다 해도 드릴 수가 없습니다. 어머님이 생전에 좋아하시던 과일을 보며 더 이상 효도할 수 없는 것을 슬퍼하는 효자 박인로의 눈에 눈물이 흐릅니다.

반중(盤中) 조홍(早紅)감이

박인로

반중(盤中) 조홍(早紅)감이 고아도 보이느다.
유자(柚子)ㅣ 안이라도 품엄직도 ᄒ다마는,
품어 가 반기리 업슬식 글노 설위ᄒ느다.

핵심 정리

- 형식: 평시조
- 연대: 조선 선조 34년(1601년)
- 출전: 『노계집』
- 성격: 감상적, 교훈적, 사친가(思親歌)
- 주제: 돌아가신 부모님에 대한 그리움
- 의의: 돌아가신 어머님을 떠올리게 하는 매개체로 '조홍감'을 적
    절히 활용함

작자 미상

벽사창 밖이 어른어른하거늘

당신은 달 그림자처럼 오는군요

좋아하는 사람을 기다리던 마음을 떠올려 보세요. 카페나 음식점에서 출입문이 열릴 때마다 입구 쪽을 돌아보며 '그 사람인가?' 하는 생각이 들지 않던가요? 이번에 함께 읽어 볼 시조 '벽사창 밖이 어른어른하거늘'의 화자 역시 누군가를 그리워하고 기다리는 마음이 아주 컸나 봅니다. 그 사람이 얼마나 간절히 보고 싶었던지 창밖에 어른어른하는 달빛의 그림자에도 임이 왔다고 착각을 할 정도니까요.

창밖이 어른어른하거늘 임이라 생각해
펄쩍 뛰어 뚝 나가서 보니,

한 여인이 머무는 방에 짙푸른 빛깔의 비단을 바른 창이 있습니다. 이런 창을 '벽사창'이라고 하는데 주로 여인들의 방에서 볼 수 있습니다. 깊은 밤, 여인은 방에 가만히 앉아 창문만 바라보고 있습니다. 기다리는 사람이 있나 봅니다. 그러다 창문에 어른어른 그림자가 집니다. 이렇게 밤늦은 시간에 자신을 찾아올 사람은 기다리는 임밖에 없습니다. 여인은 너무나 반가운 나머지 버선발로 임을 마중하러 달려 나갑니다.

기다리던 임은 아니 오고
으스름 달빛에 지나가는 구름이 날 속였구나.

단숨에 방 밖으로 달려 나간 여인은 임이 보이지 않자 어리둥절합
니다. 어찌된 일인지 당황하여 주위를 둘러보던 여인은 창에 어른
거린 그림자의 주인공이 밝은 달빛 위를 지나가는 구름이었다는
것을 깨닫습니다.

마침 밤이었기에 망정이지 낮이었다면
남 웃길 뻔하였구나.

여인은 버선발로 정신없이 뛰쳐나간 자신을 누가 봤으면 얼마나
창피했을까 생각합니다. 다행히 깊은 밤이라 주위는 고요하군요.
초장에서 애타게 기다리는 임을 버선발로 마중 나가는 여인의 모
습이 굉장히 적극적이면서도, 종장에서 남이 볼까 가슴을 쓸어내
리는 장면에서는 순박한 마음이 보입니다. 예나 지금이나 사랑하
는 사람이 언제 오나 애타게 기다리고 착각도 하는 마음은 여전한
것 같아 미소가 지어집니다. 이렇게 솔직하고 순박한 표현은 강호
자연과 충신연군을 주로 노래하던 사대부의 작품에서는 보기 힘
든 사설시조의 미학이라고 할 수 있습니다.

벽사창(碧紗窓)이 어른어른커늘

작자 미상

벽사창(碧紗窓)이 어른어른커늘 님만 녀겨 펄적 쮜여 나셔 보니

님은 아니 오고 명월(明月)이 만정(滿庭)흔듸 벽오동(碧梧桐) 져즌

닙희 봉황(鳳凰)이 와셔 긴 목을 휘여다가 깃 다듬는 그림ㅈ이로다.

믓쵸아 밤일셰 만정 힝여 낫지런들 남 우일번 ᄒ여라.

임을 기다리는 마음을 담은 이 작품은 간절하고 애절한 정서를 담고 있지만 그것을 표현하는 방식에는 상당한 차이를 보이고 있습니다. 임이 오는 줄 알고 버선발로 뛰어나가는 모습과 자신의 모습을 남에게 들키지 않은 것에 안도하는 화자의 모습에서는 애절함보다는 우스꽝스러움이 전해집니다. 이런 직설적인 표현과 함께 '펄쩍' 혹은 '뚝'과 같은 행동의 과장된 표현이 정서와의 괴리를 나타내며 웃음을 유발하고 있습니다.

이 작품에서 보이듯 정서와 표현 방법의 동떨어짐에서 오는 웃음은 사설시조가 가지는 전형적인 특징 중 하나입니다.

 핵심 정리

- 형식: 사설시조
- 연대: 조선 후기
- 출전: 『청구영언』
- 성격: 해학적, 기다림, 그리움
- 주제: 임을 기다리는 간절한 마음
- 의의: 임에 대한 마음을 숨기거나 우회적으로 표현했던 조선 전기의 시조와는 달리 감정의 표현이 진솔할 뿐만 아니라 그 정서를 해학적인 행동으로 그려 냄

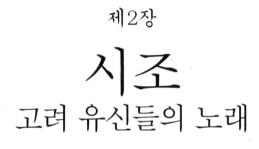

제2장

시조
고려 유신들의 노래

구름이 무심탄 말이

구름이 나쁜 뜻을 품어

이존오

고려 후기는 원나라의 간섭을 받던 시기였습니다. 원나라는 고려의 영토를 빼앗고, 공주를 고려 왕실로 시집보내 왕을 사위로 삼고, 무리하게 공물을 요구했습니다. 치욕스러운 일들을 많이 겪었던 시기였으나 시간이 지나자 원나라는 서서히 힘을 잃게 되었습니다. 이 시기를 틈타 고려 공민왕은 내외적으로 개혁을 추진했습니다. 원나라의 간섭에서 벗어남과 동시에 고려의 부패한 귀족 세력의 힘을 약화시키고 신진 사대부와 힘을 합쳐 왕권을 강화하려 했습니다.

이때 공민왕이 절대적인 신임을 보낸 신하가 신돈입니다. 승려 출신의 신돈은 공민왕의 신임을 등에 업고 나라의 정책 전반에 걸쳐 영향력을 행사했습니다. 당시 권력을 잡고 있던 고려의 귀족들은 힘없는 백성들에게서 땅을 빼앗고 부를 독차지했습니다. 신돈과 신진 사대부들이 여러 제도를 만들어 귀족 세력을 약화시키자 백성의 삶은 좋아졌고 신돈은 성인으로 추앙받게 됩니다. 신돈은 백성들에게는 성인, 귀족들에게는 요승이라고 불렸지요.

그러나 어느 순간 신돈의 권력은 정도를 넘어 하늘 높은 줄 모르고 치솟았고, 귀족들은 신돈을 제거해야만 자신들이 살아남을 수 있겠다고 생각합니다. 결국 신돈은 자신을 경계하던 귀족 세력에게 탄핵을 당해 죽음을 맞게 됩니다.

구름이 사심이 없다는 것은
아마도 허황된 말일 것이다.

하늘에 먹구름이 가려 해가 보이지 않습니다. 공민왕이 신돈과 함께 앉아 대화를 나누고 있습니다. 옛 문학에서 해는 임금, 혹은 임금의 총명을 의미합니다. 구름이 해를 가린 것은 임금의 총명함이 가려짐을 뜻합니다. 임금이 신돈에게 현혹되어 현명한 판단을 못하고 있다는 것입니다. 공민왕은 왕후를 잃은 상심이 너무나도 큰 나머지 본래의 개혁 정신을 잃고 나라를 돌보지 않았습니다.

하늘 높이 떠 있어 마음대로 다니면서

신돈이 공민왕 쪽을 보며 이야기하는 반면, 다른 신하들은 고개를 돌려 혀를 차고 있습니다. 구름이 여전히 해를 둘러싸고 있습니다. 해를 가리는 구름은 임금의 눈을 가려 옳은 것을 보지 못하게 하는 간신이라고 할 수 있겠지요. 이존오는 신돈을 구름에 빗대어 표현합니다. 공민왕은 신돈에게 휘둘려 다른 신하의 말은 듣지 않았고, 이존오를 비롯한 신하들은 임금의 뒤에서 횡포를 부리는 신돈이 못마땅했습니다.

구태여 밝은 햇빛을 따라가며 덮나니.

신돈은 세력이 커지자 왕을 손아귀에 넣고 나라의 모든 일을 도맡아 했습니다. 신돈의 횡포가 도를 넘어서자 공민왕은 신하들의 충언을 받아들여 더 이상 신돈의 힘이 커지는 것을 방관하지 않았습니다. 결국 귀족 세력의 탄핵이 성공하여 신돈은 죽임을 당하게 됩니다.

구름이 무심(無心)탄 말이

이존오

구름이 무심(無心)탄 말이 아마도 허랑(虛浪)ᄒ다.

중천에 떠이셔 임의(任意)로 단이면서,

굿타여 광명(光明)ᄒ 날 빗츨 싸라가며 덥ᄂ니.

'구름이 무심탄 말이'의 작자 이존오는 신돈을 탄핵하는 상소문을 올렸다가 오히려 신돈을 총애하던 왕의 노여움을 사서 좌천을 당합니다. 후에 울분 속에 하루하루를 지내다 울화병으로 사망하게 되지요. 이존오의 상소문은 나라를 걱정하는 마음에서 비롯된 것일 텐데요. 풍자적 기법을 통해 당시의 정치적 상황을 비판하고 고려에 대한 자신의 충성을 표현한 작품입니다.

 핵심 정리

- 형식: 평시조
- 연대: 고려 공민왕 때
- 출전: 『남훈태평가』
- 성격: 우의적, 비판적, 풍자적, 우국적
- 주제: 간신 신돈의 횡포를 풍자함
- 의의: 왕과 신돈의 관계를 우의적으로 표현하여 간신 신돈을 풍자하고 자신의 충정을 드러냄

까마귀 싸우는 곳에

한 마리 고고한 학, 정몽주의 죽음

정몽주의 어머니

신돈이 처형당한 후 공민왕은 개혁을 포기하고 향락에 빠져 지내다가 결국 비참하게 시해되고 맙니다. 고려의 국운은 점점 쇠락해 갔고 신진 사대부와 이성계 등 외세를 격퇴한 무인 중심의 신흥 무인 세력이 손을 잡고 세력을 키워 나갔습니다. 그러나 이들 사이에서도 좁혀지지 않는 의견차가 있었습니다. 나라를 유지한 채 개혁을 추진하자는 정몽주를 대표로 하는 온건파와 고려 자체를 없애고 새 나라로 시작하자는 정도전을 대표로 하는 급진파가 크게 대립하였습니다. 둘 중 이성계를 회유하는 쪽이 승리하게 될 터였고, 이성계는 마침내 정도전 쪽을 택했습니다.

'까마귀 싸우는 곳에'는 정몽주의 어머니가 이성계의 병문안을 가려는 아들에게 지난밤 꿈이 심상치 않으니 가지 말라고 아들을 말리며 불렀다고 전해집니다. 그러나 정몽주는 어머니의 말을 듣지 않고 이성계에게 갔고, 결국 돌아오는 도중에 선죽교에서 이성계의 아들 이방원이 보낸 자객에게 죽임을 당합니다. 후에 선죽교 옆에 비석이 세워졌는데, 정몽주의 어머니가 아들의 죽음을 안타까워해 눈물을 흘렸듯 그 비석은 항상 축축하게 젖어 있었다고 합니다.

까마귀 싸우는 곳에 백로야 가지 마라.

멀리 보이는 곳에 까마귀들이 엉켜서 싸우고 있습니다. 까마귀와 멀리 떨어지지 않은 곳에는 백로 한 마리가 조용히 서 있습니다. 정몽주의 어머니는 이성계와 그의 아들 이방원이 군사력을 동원해 권력을 휘두르는 것을 까마귀들이 엉켜 싸우는 것에 빗대어 표현했습니다. 고려 왕조에 충정을 바치며 옳은 말을 서슴지 않던 정몽주는 고고한 한 마리의 학으로 표현됩니다.

성난 까마귀가 흰빛을 시기할까 두렵구나.

싸움에 이긴 까마귀 무리가 백로에게 달려듭니다. 이성계 일파가
권력 다툼에서 승리하고 나면 자신들과는 다른 생각을 가지고 있
는 정몽주를 가만두지 않을 것입니다.

청강에서 기껏 깨끗이 씻은 몸을 더럽힐까 걱정하노라.

정몽주 또한 이성계를 만나러 가던 때 자신의 죽음을 예견한 듯합
니다. 그래서 선죽교를 건너기 전에 친구를 찾아가 술을 마신 다
음 거꾸로 말에 올라탔습니다. 그 모습을 보고 의아해하는 호위
녹사錄事*에게 다음과 같이 말했습니다.

"이 몸은 부모님으로부터 물려받은 몸이니 맑은 정신으로 죽을
수 없어 술을 마셨다. 또한 흉악한 이가 내 앞에서 나를 흉기로 해
치는 것을 보지 않으려고 말을 거꾸로 타는 것이다."

정몽주는 평생 글만 읽은 문인이었으나 무인보다도 초연한 태도
로 죽음을 맞이했습니다.

※　고려 시대에 각급 관아에 속하여 기록에 관련된 일을 맡아보던 하급 벼슬.

가마귀 빠호는 골에

정몽주의 어머니

가마귀 빠호는 골에 백로(白鷺) ㅣ 야 가지 마라.

성낸 가마귀 흰 빗츨 새올셰라.

청강(淸江)에 잇것 시슨 몸을 더러일가 ᄒᆞ노라.

정몽주의 어머니는 간밤의 꿈자리가 사나워 이성계의 병문안을 가는 아들 정몽주를 말리면서 '까마귀 싸우는 골에'를 지었다고 전해집니다. 이 이야기는 사실일 수도 있지만, 당대의 석학이자 충신인 정몽주의 죽음을 안타까워하던 사람들의 심정이 노래로 만들어져 전해진 것일 가능성이 큽니다.

'까마귀 싸우는 골에'는 소인과 군자를 까마귀와 백로에 빗대어 표현하였고 대조법을 사용하여 주제를 더욱 명확히 드러낸 시입니다.

 핵심 정리

- 형식: 평시조
- 연대: 고려 공양왕 4년(1392년)
- 출전: 『남훈태평가』
- 성격: 교훈적, 우의적, 계몽적
- 주제: 부정한 무리에게 해를 입을까 봐 경계함, 아들의 미래에 대한 걱정
- 의의: 까마귀와 백로를 대조하여 어떤 어려움이 있더라도 끝까지 군자로서의 삶을 살라는 교훈을 줌

백설이 잦아진 곳에

고려의 국운이 지는 해처럼 다하네

이색

고려 말에는 뛰어난 학자이자 문장가이며 충신이었던 목은牧隱 이색, 포은圃隱 정몽주, 야은冶隱 길재가 있었습니다. 이들의 호를 따서 '삼은三隱'이라고 부릅니다. 그중 이색은 정몽주, 정도전, 권근, 이숭인, 조준, 변계량 등 당대 제일의 석학들을 제자로 배출하였습니다.

고려 말은 물론 조선 초기에 활동했던 선비들 중 많은 이가 이색의 학문적 영향을 받았다고 할 수 있을 만큼 이색은 시대를 대표하는 학자였습니다. 그가 고려의 멸망을 지켜보는 심정을 그린 작품이 '백설이 잦아진 곳에'입니다. 대학자이자 뛰어난 정치인이었던 이색은 끝까지 고려에 대한 충절을 버리지 않았고, 쇠락해 가는 고려의 국운에 대한 안타까움과 굽히지 않는 자신의 절개를 상징적인 시어로 이 작품에 담았습니다.

백설이 잦아든 골에 구름이 험하구나.

눈으로 뒤덮인 골짜기에 구름이 잔뜩 끼어 있어 햇빛 한 줌 들지 않습니다. 백설은 고려에 남아 있는 신하를 비유하며 햇빛을 가리는 구름은 이성계의 신흥 세력을 상징합니다. 이색과 같은 충신들의 입장에서는 쇠락한 고려를 멸망시키고 새 왕조를 꾸리려는 신흥 세력이 먹구름과도 같은 존재였을 것입니다.

반가운 매화는 어느 곳에 피었는가?

이색은 고려를 다시 일으켜 세울 우국지사憂國之士*가 간절하게 필요하다고 생각합니다. 그 우국지사는 중장에서 '매화'로 비유됩니다. 매화는 봄을 알리는 전령이지만 매서운 추위에 매화도, 봄도 자취를 감추고 말았습니다.

* 나랏일을 근심하고 염려하는 사람.

석양에 홀로 서 있어 갈 곳 몰라 하노라.

종장에는 석양이 지는 풍경이 묘사됩니다. 해가 지는 모습은 고려의 국운이 기울어 가는 것을 상징한 것이지요. 화자는 지는 석양을 보며 고려의 운명 앞에 자신이 할 수 있는 일이 없음을 안타까워하고 있습니다.

백설(白雪)이 즈자진 골에

이 색

백설(白雪)이 즈자진 골에 구루미 머흐레라.

반가온 매화(梅花)는 어느 곳에 픠엿는고,

석양(夕陽)에 홀로 셔 이셔 갈 곳 몰라 ᄒᆞ노라.

 핵심 정리

- 형식: 평시조
- 연대: 고려 후기
- 출전: 『청구영언』
- 성격: 우의적
- 주제: 고려의 기울어지는 운명을 안타까워함
- 의의: 고려의 충신들이 망해 가는 왕조를 다시 일으키려는 우국
  충정이 표현된 작품

눈 맞아 휘어진 대를

대나무처럼 푸른 선비의 절개

원천석

이성계가 조선을 건국한 이후, 남아 있는 고려의 충신들은 정계에 발을 들이지 않고 자연 속에 은거하며 고려에 대한 충정을 지켰습니다. '눈 맞아 휘어진 대를'의 작자 원천석은 이성계의 아들이자 조선의 3대 왕 태종 이방원을 가르친 적이 있는 선비입니다. 원천석은 고려 말 정계가 혼란에 휩싸였을 때 벼슬을 버리고 강원도 원주의 치악산에 은거해 농사를 지으며 살았습니다. 후에 이방원이 왕위에 오른 뒤 벼슬자리를 청했지만 응하지 않았습니다.

이 작품에 나타난 대나무는 사군자 중에서도 꺾이지 않는 굳은 절개를 의미합니다. 비록 눈을 맞아 휘어졌다고는 하지만 겨울의 눈은 자연의 이치로서 대나무에게는 어쩔 수 없이 견뎌야 할 시련입니다. 원천석 또한 고려 말 이성계 일파의 세력이 너무 강해지자 자신의 힘으로는 맞설 수 없다는 것을 깨닫고는 낙향하여 정치에 관여하지 않는 것으로 고려에 대한 충성을 지켰습니다.

눈 맞아 휘어진 대나무를 누가 굽었다 하는가?

대나무의 잎은 눈을 맞아 휘었지만 줄기는 하늘 높이 치솟아 꼿꼿
하며 겨울에도 푸른빛을 잃지 않습니다. 눈을 맞아 구부러진 잎은
스스로 구부러진 것이 아닙니다. 눈이 오면 그저 맞을 수밖에 없
는 대나무는 기울어져 가는 고려의 마지막을 지키는 안타까운 충
신의 모습을 닮았습니다.

굽힌 절개라면 눈 속에서 푸르겠는가?

식물에게 겨울은 견디기 힘든 시련의 계절입니다. 하지만 대나무는 추운 겨울에도 그 푸른빛을 잃지 않습니다. 그런 대나무는 스스로 굽히지 않습니다. 원천석은 원주에 내려가 농사를 지으면서도 굳은 절개를 잃지 않기 위해 노력했습니다.

아마도 세한고절은 너뿐인가 하노라.

비록 망해 가는 나라이지만, 어떤 어려움이 있더라도 고려의 편에
서서 충정을 다하겠다는 원천석의 굳은 결심이 대나무의 푸른빛
으로 나타납니다. 겨울에 시들어 떨어지는 잎처럼 다른 신하들이
모두 변절했을지라도, 충신의 절개는 홀로 푸르고 꼿꼿합니다.

눈 마주 휘여진 뒤를

원천석

눈 마주 휘여진 뒤를 뉘라셔 굽다턴고
구블 절(節)이면 눈 속에 프를소냐
아마도 세한고절(歲寒孤節)은 너샏인가 ᄒ노라.

 핵심 정리

- 형식: 평시조
- 연대: 조선 초기
- 출전: 『청구영언』, 『병와가곡집』
- 성격: 의지적, 회고적
- 주제: 고려에 대한 변치 않는 충절
- 의의: 불의한 정치 상황에 맞서 자신의 충절과 우국의 정을 노래
  하는 절의가의 주된 유형을 보여 줌

흥망이 유수하니

잡초만 남은 고려의 궁궐터

원천석

'흥망이 유수하니'가 지어진 시기는 벌써 고려 왕조가 무너진 지 오래된 후입니다. 이 시는 고려 왕조의 궁궐이 있었던 만월대 근처를 지나가던 원천석이 지난 오백 년의 영화는 간데없이 잡초만 우거진 고려의 궁궐터를 보면서 느낀 인생무상을 노래하고 있습니다.

흥망이 유수하니 만월대도 추초로다.

고려가 망한 지 벌써 몇 년이나 지났는지, 예전의 궁궐터에는 풀이
무성하게 자랐습니다. 누렇게 시든 가을 풀을 보니 쇠락한 고려 왕
조의 모습이 떠올라 안타까움만 더해 갑니다.

오백 년 왕업이 목동의 피리 소리에 담겼으니,

풀과 나무가 무성해진 궁궐터에 소 한 마리를 끌고 온 소년이 나무 그늘에 기대어 앉아 피리를 불고 있습니다. 오백 년의 역사를 자랑하던 만월대에 이제는 한낱 목동의 피리 소리만 울려 퍼질 뿐입니다. 긴 세월이 무상해지는 풍경입니다.

석양에 지나는 나그네가 눈물겨워하더라.

석양 속에서 눈물을 흘리는 종장의 나그네는 다른 누구도 아닌 화자 자신이겠지요. 이 작품에서 초장의 '추초'와 중장의 '목동의 피리 소리', 종장의 '석양'은 화자의 마음을 드러내는 소재입니다. 이러한 시어의 쓰임을 종합해 봤을 때 '흥망이 유수하니'는 고려 멸망의 슬픔과 안타까움을 노래한 대표 작품입니다.

흥망(興亡)이 유수(有數)ᄒᆞ니

원천석

흥망(興亡)이 유수(有數)ᄒᆞ니 만월대(滿月臺)도 추초(秋草)ㅣ로다.
오백 년(五百年) 왕업(王業)이 목적(牧笛)에 부쳐시니,
석양(夕陽)에 지나는 객(客)이 눈물계워ᄒᆞ드라.

핵심 정리

- 형식: 평시조
- 연대: 조선 초기
- 출전: 『청구영언』
- 성격: 회고적, 인생무상
- 주제: 고려의 멸망을 안타까워함
- 의의: 고려의 추억을 회고하며 세월의 덧없음과 인생의 무상함을
  한탄한 작품

간밤의 우던 여울

어린 왕의 죽음을 안타까워하다

원호

이 시의 작자 원호는 살아서 단종에게 충성을 바치고 끝까지 수양
대군 즉, 세조를 인정하지 않았던 생육신 중의 한 사람입니다. 생
육신들은 죽임을 당하지는 않았지만 단종에 대한 충성과 연민으
로 일생을 보낸 사람들입니다. 원호는 단종 즉위 초 수양대군의
권력이 조정을 장악하자 벼슬을 버리고 낙향했습니다. 이후 단종
이 죽자 영월로 가서 삼년상을 치렀습니다. 후에 세조가 벼슬자리
를 주었으나 거절하고 평생을 초야에 묻혀 살다 갔습니다.

지난밤에 울던 여울, 슬피 울며 흘러가도다.

단종의 죽음을 알게 된 원호는 슬픔에 겨워 괴로워합니다. 밤은
사람들의 감정이 짙어지는 시간입니다. 그 밤에 흘러가는 물소리
를 들으니 강물이 슬피 우는 것 같습니다. 화자가 강물에 감정이
입을 한 것은 커다란 슬픔에 잠겨서 온 세상의 모든 것이 슬퍼 보
이기 때문입니다.

이제야 생각하니 임이 울어 보내는구나.

그러나 돌이켜 생각해 보니 단종의 죽음을 슬퍼하는 자신보다 억울하게 죽임을 당한 단종의 괴로운 심정은 헤아릴 수도 없이 더 슬플 것 같습니다. 화자의 슬픔과 단종의 슬픔이 겹쳐 홍수를 이룹니다.

저 물을 거슬러 흐르게 하고저, 나도 울며 가리라.

원호는 강물의 저 위쪽에서 단종이 흘린 눈물이 자신에게 흘러온
다는 생각을 하며 눈물을 거슬러 올라 단종에게 가고 싶습니다.
임금을 향한 충신의 목소리가 구슬프게 다가옵니다.

간밤의 우던 여흘

원호

간밤의 우던 여흘 슬피 우러 지내여다.
이제야 싱각ᄒ니 님이 우러 보내도다.
져 물이 거스리 흐르고져 나도 우러 녜리라.

핵심 정리

- 형식: 평시조
- 연대: 조선 세조 때
- 출전: 『청구영언』
- 성격: 감상적, 연군가, 절의가
- 주제: 임금을 그리워함
- 의의: 곧은 절개와 충절을 노래한 절의가로 '여울'이라는 객관적
    매개물을 이용해 시상을 전개하는 기법이 빼어남

청강에 비 듣는 소리

청나라에 복수를 다짐하며

효종(봉림대군)

이 시는 병자호란 당시 봉림대군이 볼모로 끌려가며 지었다고 알려져 있습니다. 봉림대군의 형인 소현세자는 청나라의 발전된 문물을 보며 청나라와 긴밀하게 지내야 한다는 생각을 가지고 고국으로 돌아왔지만 이에 반해 동생인 봉림대군은 끝까지 청나라에 복수를 다짐했습니다.

수치스러운 볼모 생활을 마치고 돌아온 소현세자가 얼마 안 가서 병으로 죽자, 당시의 예법대로라면 소현세자의 아들이 세자로 책봉되어야 하지만 인조는 나라의 안위를 위해 장성한 군주가 필요하다고 주장하며 봉림대군을 세자로 책봉합니다. 이후 왕좌에 오른 봉림대군은 대군을 양성하고 군비를 확충하여 청나라에 대한 복수를 다짐하며 북벌 계획을 추진하였으나 머리에 난 종기가 덧나는 바람에 즉위 십 년이 되던 해, 그의 나이 만 40세에 청나라에 대한 복수를 완성하지 못하고 죽음을 맞았습니다.

맑은 강에 비 떨어지는 소리 그 무엇이 우습기에,

병자호란에 패배한 후 조선의 왕자인 소현세자와 봉림대군이 청
나라 군사들에 의해 볼모로 끌려가고 있습니다. 소현세자와 달리
더 강인한 성격을 가지고 있던 봉림대군은 원통함을 이기지 못해
뱃전을 붙잡고 눈물을 흘리고 있습니다. 그런 봉림대군의 귀에 강
물에 떨어지는 빗방울 소리가 무력하게 끌려가는 조선의 왕자들
을 비웃는 것처럼 들립니다.

만산홍록이 흔들면서 웃는구나.

봄바람에 세차게 흔들리는 산의 꽃들도 자신을 비웃는 것 같습니다. 뱃전에 주저앉아 우는 봉림대군을 청나라 군사들도 비웃고 있습니다. 한 나라의 왕자가 이렇듯 치욕스러운 일을 당했으니 청나라에 대한 그 분노가 말로 다하지 못할 정도였을 겁니다.

두어라, 춘풍이 며칠이나 불랴, 웃을 대로 웃어라.

하지만 강인한 봉림대군은 훗날 청나라에 원수를 갚을 생각을 하며 자신을 비웃는 모든 것들에 복수를 다짐하고 있습니다. 봄바람은 거세게 불지만 봄은 금방 지나갑니다. 봉림대군은 청나라의 횡포와 비웃음을 지나가는 봄바람이라 생각하고, 나중에 군사를 이끌고 청나라에 복수를 하겠다고 결의를 다지며 시조가 마무리됩니다.

청강(淸江)에 비 듯는 소리

효종(봉림대군)

청강(淸江)에 비 듯는 소리 긔 무어시 우읍관듸,

만산홍록(滿山紅綠)이 휘드르며 웃는고야.

두어라 춘풍(春風)이 몃 날이리 우을 디로 우어라.

봉림대군은 아버지 인조가 삼전도의 치욕을 겪고 자신과 형인 소현세자가 볼모로 끌려가게 되자 슬픔과 분노에 치를 떱니다. 두 형제의 성격은 사뭇 달랐습니다. 청나라에서 생활하면서 형인 소현세자는 발달된 청의 문물을 받아들여야 한다고 생각했지만 봉림대군은 항상 조선에 돌아가서 복수할 생각을 잊지 않았다고 합니다. 후에 볼모 생활을 끝내고 돌아올 때 청나라의 태조가 두 왕자의 고생을 치하하며 어떤 소원이라도 들어준다고 하자, 소현세자는 청의 보물인 벼루를 달라고 했고, 봉림대군은 같이 볼모로 끌려갔던 조선의 백성들을 자신과 함께 고국으로 보내 달라고 하여 귀향했다고 합니다.

 핵심 정리

- 형식: 평시조
- 연대: 조선 인조 15년(1637년)
- 출전: 『해동가요』
- 성격: 비분가, 우의적, 의지적
- 주제: 볼모로 끌려가는 원통함, 청에 설욕을 다짐하는 마음
- 의의: 우의적 표현을 통해 화자의 상황을 간접적으로 드러냄

제3장

시조
자연이 가장 좋은 친구로다

강호사시가

강호가도의 정석을 보여 주다

맹사성

'강호사시가'는 '사시한정가四時閑庭歌', '강호가江湖歌'라고도 불리며 최초의 연시조로 알려져 있습니다. 작자 맹사성은 고려 말에서 조선 초기에 활동한 선비로 황희와 함께 조선 초의 명재상으로 유명합니다. 소를 타고 피리 부는 것을 좋아했던 맹사성은 성격이 소탈하고 겸손해서, 조선왕조실록에도 맹사성의 성격이 어질었다는 기록이 남아 있을 정도입니다.

맹사성은 음률에 뛰어나 예악을 정비하는 데 앞장섰으며 문학적 재능도 뛰어났습니다. 이 시에 나타난 것처럼 맹사성은 정계를 은퇴한 후에는 청백리* 답게 항상 소박한 생활을 하였으며 자연과 더불어 살다 세상을 떠났습니다.

---

* 재물에 대한 욕심이 없이 곧고 깨끗한 관리.

강호에 봄이 찾아오니 깊은 흥이 절로 일어난다.
막걸리를 마시니, 시냇가에 싱싱한 물고기가 안주로다.
이 몸이 한가하게 노니는 것도 역시 임금님의 은혜다.

봄이 되니, 시냇가 주변에 진달래와 벚꽃, 이름 모를 하얀 꽃들이 피었습니다. 시냇물 위로 꽃잎 몇 장이 흘러가고 있습니다. 70대 노인 맹사성이 타고 온 소를 묶어 두고 시냇가에 앉아 막걸리를 마시며 냇가에서 갓 잡은 물고기를 안주 삼아 먹고 있습니다. 소를 타고 피리 불기를 좋아했던 맹사성은 정계에서 은퇴하고 자연을 벗 삼아 유유자적한 삶을 살고 있습니다. 이렇게 봄을 즐길 수 있는 것은 모두 임금님의 은혜 덕입니다.

강호에 여름이 찾아오니 초당에 있는 몸은 할 일이 없다.

신의가 있는 강 물결은 보내는 것이 시원한 바람이로다.

이 몸이 시원하게 지내는 것도 역시 임금님의 은혜다.

여름이 오니 할 일이 없어 한가합니다. 농사가 주업이던 조선 시대에는 여름이 되면 농민들은 할 일이 별로 없었습니다. 연로한 맹사성은 뜨거운 햇살을 피해 초가집의 마루에 앉아 시원한 강바람을 맞으며 쉬고 있습니다. 더운 여름에 이렇게 시원한 바람을 맞으며 쉴 수 있는 것 또한 임금님의 은혜입니다.

강호에 가을이 찾아오니 물고기마다 살이 올라 있다.
작은 배에 그물을 싣고 가 물결 따라 흐르게 던져 놓고
이 몸이 소일하며 지내는 것도 역시 임금님의 은혜다.

가을이 되니, 물고기가 통통하게 살이 쪘습니다. 작은 배를 타고 강으로 나간 맹사성은 그물을 던져 물고기를 잡으며 소일하고 있습니다. 이렇게 소소한 행복을 누릴 수 있는 것 또한 임금님의 은혜 덕입니다.

강호에 겨울이 찾아오니 쌓인 눈의 깊이가 한 자가 넘는다.

삿갓을 비스듬히 쓰고 도롱이로 옷을 삼아,

이 몸이 춥지 않은 것도 역시 임금님의 은혜다.

겨울이 되니 눈이 내려 한 자 넘게 쌓였습니다. 이런 추위에 삿갓을 쓰고 도롱이를 입으니 한결 덜 춥습니다. 도롱이 덕분에 겨울을 덜 춥게 보낼 수 있는 것 또한 임금님의 은혜입니다. 이렇게 맹사성은 자신이 사계절 자연의 풍류를 누릴 수 있는 것을 임금의 덕분이라고 노래하며 임금을 대하는 신하로서의 자세를 한결같이 유지하고 있습니다.

＊ 길이의 단위로 약 30.3 센티미터에 해당한다.

강호사시가(江湖四時歌)

맹사성

강호(江湖)에 봄이 드니 미친 흥(興)이 절로 난다.
탁료계변(濁醪溪邊)에 금린어(錦鱗魚) │ 안주로다.
이 몸이 한가(閑暇)해 옴도 역군은(亦君恩)이샷다.

강호(江湖)에 여름이 드니 초당(草堂)에 일이 없다.
유신(有信)한 강파(江波)는 보내는 이 바람이다.
이 몸이 서늘해 옴도 역군은(亦君恩)이샷다.

강호(江湖)에 가을이 드니 고기마다 살져 잇다.
소정(小艇)에 그물 실어 흘리 띄워 던져 두고,
이 몸이 소일(消日)해 옴도 역군은(亦君恩)이샷다.

강호(江湖)에 겨울이 드니 눈 깊이 자히 남다.
삿갓 빗기 쓰고 누역으로 옷을 삼아,
이 몸이 춥지 아니해 옴도 역군은(亦君恩)이샷다.

핵심 정리

- 형식: 평시조, 연시조
- 연대: 조선 세종 때
- 출전: 『청구영언』
- 성격: 풍류적, 전원적, 낭만적
- 주제: 아름다운 자연의 사계절을 즐기는 기쁨
- 의의: 우리나라 최초의 연시조이자, 강호가도의 선구적 작품

추강에 밤이 드니

빈 배에 달빛만이 가득하네

이정(월산대군)

월산대군은 할아버지 세조의 총애를 받고 자랐으며, 아버지 예종 사후에 차기 왕좌에 오를 유력한 왕자였습니다. 그러나 당시 최고의 권력자이던 한명회가 자신의 사위인 성종을 왕위에 오르게 하기 위해 꾸민 음모에 희생당하고 맙니다. 왕위를 빼앗긴 월산대군은 이후 자연에 파묻혀 살며 조용히 일생을 마쳤습니다. 현재 서울 양화대교 인근에 정자를 지어 망원정望遠亭이라 이름 짓고 풍류를 즐기며 살았습니다. 이는 서울 마포구 망원동 이름의 유래이기도 하지요.

이 시에는 월산대군의 자연을 즐기는 조용한 성품이 잘 나타납니다. 달이 뜬 아름다운 가을밤에 배를 띄워 낚시를 나갔지만 낚시보다는 아름다운 가을밤의 정취를 즐기는 데 몰입하고 있으며 아름다운 가을밤의 정취와 욕심 없는 작자의 마음이 한 폭의 동양화를 보는 듯합니다.

가을 강에 밤이 되니 물결이 차갑구나.

화자는 달이 뜬 가을 강에 배를 타고 낚시를 하고 있습니다. 밤이
되니 기온이 떨어져 강물이 차갑습니다.

낚시를 드리우니 고기 아니 무는구나.

낚시를 하려 하지만 물이 차서 그런지 물고기가 미끼를 물지 않습니다. 그러나 물고기가 낚이지 않는 것에 대한 아쉬움 같은 것은 없습니다. 그저 시간이 지나 달이 점차 기우는 모습을 바라볼 뿐입니다.

무심한 달빛만 싣고 빈 배 저어 오는구나.

달은 더 기울었고, 달빛 아래서 한동안 낚시를 하던 월산대군은
낚싯대를 걷어 배를 저어 육지로 나옵니다. 물고기를 잡지 못해
배는 텅 비었고 빈 배에 달빛만 가득합니다. 월산대군은 물고기를
잡는 것에 연연하지 않고 조용한 가을 강에서 달빛 아래 시간을
보내는 것에 만족합니다. 여백이 아름다운 한 편의 그림을 보는
것 같은 작품입니다.

추강(秋江)에 밤이 드니

이정(월산대군)

추강(秋江)에 밤이 드니 물결이 춫노미라.

낙시 드리치니 고기 아니 무노미라.

무심(無心)한 달빗만 싯고 뷘비 저어 오노라.

핵심 정리

- 형식: 평시조, 서정시
- 연대: 조선 성종 때
- 출전: 『청구영언』
- 성격: 탈속적, 풍류적, 낭만적, 한정가
- 주제: 가을밤 강에서 느끼는 여유와 낭만
- 의의: 가을 강의 찬 물결, 달빛, 빈 배 등이 조화를 이루어 동양적
  사유 방식을 압축적으로 표현한 작품

만흥

윤선도

속세의 즐거움은 자연의 흥보다 못하다

빌딩과 자동차로 빼곡한 도시에서 지내다 보면 가끔씩 한적한 자연의 풍경이 생각날 때가 있습니다. 산이나 바다처럼 탁 트인 풍경에 둘러싸여 며칠간 머무르고 싶다는 생각이 들죠. '만흥'은 조선 최고의 시조 작가 윤선도가 자연에 묻혀 한가하게 사는 즐거움을 노래한 시조입니다. '오우가'와 함께 『고산유고』에 수록되어 있습니다.

윤선도는 병자호란 때 의병을 이끌고 강화도로 갔으나, 왕이 청나라에 항복했다는 소식을 듣고 제주도로 향하다가 풍랑을 맞아 보길도에서 은거하였습니다. 이때 임금이 한양으로 돌아간 뒤 즉시 문안을 하지 않았다는 이유로 유배되었다가 풀려난 뒤 고향 해남 금쇄동에서 지내면서 '만흥'을 지었다고 알려져 있습니다.

산속 바위 아래 초가집을 짓는다 하니,
그 이유를 모르는 남들은 비웃는다 한다마는,
어리석은 시골뜨기의 생각으로는
이것이 바로 내 분수인가 생각하노라.

병자호란 직후 귀양을 갔던 윤선도는 정치에 환멸을 느껴 고향인
해남으로 내려가 금쇄동이란 곳에 집을 짓고 살며 글을 썼습니다.
윤선도는 속세와 가능하면 멀리 떨어진 곳을 찾았기 때문에 금쇄
동은 자연에 파묻혀 살기에는 적당했지만 이런 사정을 모르는 일
반 사람들에게는 그렇게 한적한 곳에 집을 짓는다는 것이 이해되
지 않았을 겁니다.
1수의 시어 '초가집'은 '자기 분수에 만족하여 다른 데 마음을 두
지 아니함'이라는 뜻의 사자성어 안분지족의 정신을 담고
있습니다. 작자가 자신을 표현한 시어 '어리석은 시골뜨기'에서
겸손의 자세가 드러납니다.

보리밥과 풋나물을 알맞게 먹은 후에
바위 끝의 물가에 앉아 실컷 놀고 있노라.
그 밖의 나머지 일이야 부러워할 리가 있으랴.

작은 초가집에서 윤선도는 자신만의 선비다운 철학을 내세워 소박한 생활을 즐기고 있습니다. 많은 선비들이 속세에서 벗어나 자연을 벗 삼아 지내는 즐거움을 누렸고, 이는 사대부 문학에서 강호가도의 풍조로 나타나지요. 윤선도 또한 자연과 더불어 사는 소박한 생활에 대한 동경을 가지고 금쇄동으로 들어갔습니다. 고향에서 누리는 자연에서의 삶에 대한 윤선도의 이런 철학은 맹사성의 '강호사시가'에서 시작된 강호한정가의 전통을 이었다고 할 수 있습니다.

술잔 들고 혼자 앉아 먼 산을 바라보니
그리워하던 임이 온다 한들 반가움이 이보다 더하랴.
말씀도 웃음도 없지만, 그를 마냥 좋아하노라.

이번 연은 '만흥'에서 가장 유명하고 사람들의 입에 자주 오르내리는 연입니다. 아무도 없는 금쇄동의 근처에서 한 잔 술을 마시면서 멀리 보이는 산에 대한 감상을 노래하고 있습니다. 윤선도는 사람에게 치여 힘들었던 때가 많았나 봅니다. 산을 의인화하여 존대를 쓰면서 '사랑하는 임이 오는 것보다 말 없는 산을 바라보는 것이 더욱 좋다'고 표현한 부분은 작품 전체에서 가장 독창적인 내용이라고 할 수 있습니다. 4수에서 화자와 자연이 이미 하나가 된 혼연일체渾然一體의 경지를 느낄 수 있습니다.

누가 말하길 전원생활이 정승보다 낫다 하더니
만승인들 이만하겠는가?
이제 생각해 보니 소부와 허유의 즐거움 같더라.
아마도 자연 속에 한가로운 흥은 비할 곳이 없어라.

소부와 허유는 중국의 고사 속 인물입니다. 고대 중국의 요 임금
시절에 깊은 산속에 기거했던 허유는 어질고 지혜롭기로 명성이
높아서 왕이 자신의 뒤를 이어 나라를 맡아 달라고 청했습니다.
허유는 이를 거절하고는 지저분한 말을 들었다 하여 자신의 귀
를 물에 씻었습니다. 그때 망아지를 끌고 길을 지나던 소부가 귀
를 씻는 이유를 물어 허유가 요 임금과의 일을 이야기하니 소부는
더러운 귀를 씻은 물을 망아지에게 먹일 수 없다며 상류로 거슬
러 올라갔습니다. 왕의 자리를 영광스러운 것이 아니라 더러운 자
리라고 생각한 소부와 허유의 기백과 절개를 윤선도는 충분히 이
해하는 듯 보입니다. 속세에서 아무리 높은 자리에 오른다고 해도
자연 속에서 누리는 한가한 즐거움과는 비교할 바가 못된다는 생
각이겠지요.

내 본성이 본래 게으름을 하늘이 아시어
인간 세상 많은 일 중에서 어느 하나도 맡기지 않고
다만 다툴 일이 없는 강산을 지키라 하시노라.

벼슬자리에서 내려와 낙향한 자신의 상황을 '하늘이 나의 성품이
게으른 것을 알아 인간의 일을 맡기지 않았다'고 하며 겸손하게
표현하고 있습니다. 종장의 자연을 즐기는 일에 굳이 다툴 일이
없다고 표현한 것은 그만큼 인간 세상의 일에 다툼이 많다는 뜻일
겁니다.

강산이 좋다고 한들 나의 분수로 이렇게 누워 있겠는가.
임금의 은혜를 이제야 더욱 알겠노라.
아무리 갚고자 하여도 갚을 길이 없구나.

윤선도는 시인이지만 유학자이기도 합니다. 그렇기에 마지막 수에서 자신을 귀양 보낸 임금에게 오히려 감사한 마음을 표현하고 있습니다. 자신이 이렇게 자연을 누릴 수 있는 것 또한 임금의 덕이라고 생각하는 것입니다. 조선 사대부 문학에서는 속세를 떠나온 와중에도 임금의 은혜를 기리는 내용을 빈번하게 찾아볼 수 있는데, 이러한 모순적인 내용이 성리학의 이념에 따른 당시 문학의 한계라고 할 수 있습니다.

만흥(漫興)

윤선도

산슈간 바회 아래 뛰집을 짓노라 ᄒ니,
그 모론 눔들은 웃는다 ᄒ다마ᄂ,
어리고 햐암의 뜻듸ᄂ 내 분(分)인가 ᄒ노라.

보리밥 풋ᄂ물을 알마초 머근 후(後)에
바횟긋 믉ᄀ의 슬ᄏ지 노니노라.
그 나믄 녀나믄 일이야 부룰 줄이 이시랴.

잔 들고 혼자 안자 먼 뫼흘 ᄇ라보니
그리든 님이 오다 반가옴이 이러ᄒ랴.
말ᄉᆷ도 우움도 아녀도 몯내 됴하ᄒ노라.

누고셔 삼공(三公)도곤 낫다 ᄒ더니 만승(萬乘)이 이만ᄒ랴.
이제로 헤어든 소부허유(巢父許由)ㅣ 냑돗더라.
아마도 님천한흥(林泉閑興)을 비길 곳이 업세라.

내 셩이 게으르더니 하ᄂᆯ히 아ᄅ실샤
인간만ᄉ(人間萬事)룰 ᄒ 일도 아니 맛뎌
다만당 ᄃᆞ토리 업슨 강산(江山)을 딕희라 ᄒ시도다.

강산(江山)이 됴타 흔들 내 분(分)으로 누얻느냐.

님군 은혜(恩惠)를 이제 더옥 아노이다.

아므리 갑고쟈 ᄒ야도 ᄒ올 일이 업세라.

핵심 정리

- 형식: 평시조, 연시조(전 6수)
- 연대: 조선 인조 때
- 출전: 『고산유고』
- 성격: 풍류적, 낭만적, 한정가
- 주제: 자연에 묻혀 한가하게 사는 즐거움
- 의의: 조선 전기 시조에서 강호가도를 한층 발전시킨 작품

어부사시사

한가로운 어부 생활의 흥취

윤선도

우리 고전 시가 문학에 '가사에 송강(정철), 시조에 고산(윤선도)'라는 말이 있습니다. 그만큼 정철의 가사와 윤선도의 시조는 후대에 이르기까지 널리 회자되었습니다. '어부사시사'는 윤선도가 보길도라는 섬에서 지내며 어부의 사계절을 노래한 작품입니다.

조선 시대 인조 14년 겨울, 병자호란이 일어납니다. 사태가 급해지자 왕실 사람들은 강화도로, 왕은 남한산성으로 피신을 가게 됩니다. 해남의 본가에 머무르고 있던 윤선도는 전쟁이 일어났다는 소식을 듣고 수백 명을 이끌고 강화도로 향했지만, 그사이 왕은 청나라에 항복하고 맙니다. 윤선도는 그 치욕을 견디느니 다시는 속세로 나오지 않겠다고 마음먹고 제주도로 떠납니다. 그 여정 중 우연히 발견한 섬에 마음을 빼앗겨 일행과 함께 터를 잡으며 섬을 가꾸었는데요. 그 섬이 바로 보길도입니다.

'어부사시사'의 화자는 각 계절마다 다른 보길도의 아름다움 속에서 어촌 생활의 흥취를 즐깁니다. 출항부터 귀항까지의 여정이 각 계절마다 10수로 기록되어 총 40수로 구성된 긴 연시조입니다. 초장과 중장 다음에 여음이 등장한다는 것이 '어부사시사'의 가장 큰 특징인데요. 중장과 종장 사이의 여음구 '지국총 지국총 어사와'는 40수에 모두 동일하게 사용되었습니다. 반면 초장과 중장 사이의 여음구는 각 계절의 10수마다 배를 띄워 나가고 들어오는 전 과정을 반복하였기 때문에 작품 전체를 유기적으로 연결해 줍니다.

이 책에서는 '어부사시사'의 40수에서 계절별로 가장 대표적인 구절 2수씩을 뽑아 총 8수를 소개합니다.

(춘사春詞 – 제1수)

앞 포구에 안개 걷히고 뒷산에 해 비친다.
배 띄워라 배 띄워라
썰물은 거의 가고 밀물이 밀려온다.
지국총 지국총 어사와
강 마을 온갖 꽃의 먼빛이 더욱 좋다.

겨울의 추위를 뚫고 따뜻한 바람이 불어오는 보길도의 봄은 생기 돋고 희망이 넘치는 분위기입니다. 보길도 포구에 작은 고깃배가 몇 척 묶여 있고 섬 주변에는 안개가 끼었습니다. 포구의 뒷산에 해가 올라오면서 포구와 바다를 비추고 봄이 온 산에는 여러 가지 꽃이 피었습니다. 멀리 밀려간 밀물은 이제 썰물이 되어 밀려오고 있습니다. 보길도의 평화롭고 아름다운 봄 풍경입니다.

우는 것이 뻐꾸기인가 푸른 것이 버들 숲인가?

배 저어라 배 저어라

어촌의 두어 집이 안개 속에 들락날락

지국총 지국총 어사와

맑고 깊은 연못에 온갖 고기 뛰논다.

해가 떠오르고 날이 따뜻해지자 맑은 연못에 물고기들이 뛰놉니다. 뻐꾸기와 버들 숲, 청각적 심상과 시각적 심상이 조화를 이루어 평화로운 어촌의 봄 경치를 나타냅니다. 숲 앞쪽에 있는 초가집 두어 채는 안개에 가려 일부는 보이고 일부는 가려져 있어 포근한 분위기를 자아냅니다. 윤선도는 많은 사람들을 동원하여 보길도 섬 전체를 아름답게 꾸몄다고 하는데요. 자연을 가능한 한 해치지 않고 만든 것으로 유명한 정자가 버드나무 숲 사이로 모습을 드러내고 있습니다. 보길도의 정자와 연못은 지금까지도 잘 보존되어 있습니다.

(하사夏詞 - 제2수)

연잎에 밥 싸 두고 반찬일랑 장만 마라.

닻 들어라 닻 들어라

삿갓은 이미 쓰고 있노라. 도롱이 가져왔느냐?

지국총 지국총 어사와

무심한 갈매기는 내가 좇는 것인가? 저가 좇는 것인가?

여름의 부슬비가 내리는 집 앞에 연잎에 싼 밥을 손에 들고 삿갓을 쓴 윤선도가 집 벽에 걸린 도롱이를 걸치러 갔다가 머리 위의 갈매기를 봅니다. 화자는 내가 갈매기를 보고 있는 것인지, 갈매기가 나를 보고 있는 것인지 모르겠습니다. 자연과 인간이 하나 된 상태, 물아일체의 경지입니다.

(하사夏詞 – 제10수)

와실을 바라보니 백운이 둘러 있다.
배 붙여라 배 붙여라
부들부채 가로쥐고 돌길로 올라가자.
지국총 지국총 어사와
어옹이 한가할 터냐 이것이 구실이라.

윤선도는 바닷가 언덕에 있는 자신의 초가집을 와실이라 부릅니다. 와실은 '달팽이의 집'이란 뜻입니다. 작고 소박한 살림살이로 꾸린 집은 구름이 낀 높은 곳에 있습니다. 손에 부들로 만든 부채를 쥐고 집 옆으로 난 돌길을 올라가는 윤선도는 급할 것이 없습니다. 보길도의 여름 생활은 한가해서 더 좋습니다.

(추사秋詞 – 제2수)

어촌에 가을이 오니 고기마다 살쪄 있다.

닻 들어라 닻 들어라

만경창파萬頃蒼波*에 실컷 즐겨 보자.

지국총 지국총 어사와

인간 세상을 돌아보니 멀수록 더욱 좋다.

* 만 이랑의 푸른 물결이라는 뜻으로, 한없이 넓고 넓은 바다를 이르는 말.

보길도에 가을이 왔습니다. 단풍이 드니 섬 안이 온통 울긋불긋합
니다. 끝없이 넓고 푸른 만경창파를 보니 가을의 풍성함이 느껴집
니다. 살이 통통하게 오른 물고기를 잡기 위해 어부들이 앞바다에
서 그물질을 하니 그물마다 고기가 가득합니다. 자연 속에서도 이
렇게 풍족하니 속세며 관직이며 하는 인간 세상이 아무 소용 없게
느껴집니다. 윤선도에게 속세는 멀리 있어 가지 못할수록 좋은 곳
입니다.

(추사秋詞 – 제4수)

기러기 날아가는 밖에 못 보던 산이 보이는구나.

배 저어라 배 저어라

낚시질도 하려니와 취한 것이 이 흥이라.

지국총 지국총 어사와

석양이 보이니 천산이 금수로다.

배 위에서 삿갓을 쓰고 낚시를 하는 윤선도는 평소에는 보지 못하던 먼 산을 바라보니 반갑습니다. 윤선도의 또 다른 작품 '만흥'에 나오는 '술잔 들고 혼자 앉아 먼 산을 바라보니'와 비슷한 표현입니다. 낚시를 하기 위해 배를 타고 나왔지만 물고기가 많이 잡히지 않아도 흥에 취하니 그저 좋습니다. 석양이 온 바다를 금빛으로 수놓습니다.

(동사冬詞詞 – 제4수)

간밤에 눈 개인 후에 풍경이 달라졌구나.

배 저어라 배 저어라

앞에는 만경유리萬頃琉璃* 뒤에는 천첩옥산千疊玉山**.

지국총 지국총 어사와

선계인가 불계인가 인간 세상이 아니로다.

* 만 이랑의 유리라는 뜻으로, 유리처럼 반반하고 아름다운 바다를 이르는 말.
** 수없이 겹쳐 있는 아름다운 산.

눈이 오고 난 뒤 어촌의 풍경이 이 세상의 풍경이 아닌 것처럼 달라졌습니다. 바다에 이는 파도의 물결이 끝도 없이 이어지고 뒤쪽으로 첩첩이 겹쳐진 산에 눈이 쌓여 산이 옥으로 만들어진 것 같습니다. 보길도의 겨울 풍경은 신선이나 부처님이 사는 곳처럼 비현실적으로 아름답습니다.

(동사同詞 – 제8수)

물가의 외로운 소나무 혼자 어이 씩씩할까?

배 매어라 배 매어라

먼 구름 원망 마라 세상을 가린다.

지국총 지국총 어사와

파도 소리를 염치 마라 세속의 소리를 막는구나.

바닷가 절벽 위에 서 있는 소나무 한 그루는 홀로 씩씩합니다. 아마도 한양에서 멀리 떨어진 보길도에서 홀로 생활하는 윤선도의 마음과 같은 뜻을 품고 있는 듯합니다. 하늘의 구름은 세상의 모습을 가리고 있으니 구름이 꼈다고 탓할 수 없고, 파도 소리 또한 세상의 소리를 막아 주고 있으니 마찬가지로 탓할 수 없습니다. 윤선도의 머릿속에는 멀리 임금이 있는 궁궐이 보입니다. 하지만 보길도의 어부로 사는 윤선도의 마음은 속세와 멀리 떨어질수록 편안합니다.

어부사시사(漁父四時詞)

윤선도

(춘사春詞 – 제1수)

압개예 안기 것고 뒫뫼희 히 비췬다.

빈 떠라 빈 떠라

밤믈은 거의 디고 낟믈이 미러 온다.

지국총(至匊悤) 지국총(至匊悤) 어사와(於思臥)

강촌(江村) 온갓 고지 먼 빗치 더옥 됴타.

(춘사春詞 – 제4수)

우는 거시 벅구기가 프른 거시 버들숩가.

이어라 이어라

어촌(漁村) 두어 집이 닛 속의 나락들락

지국총(至匊悤) 지국총(至匊悤) 어사와(於思臥)

말가혼 기픈 소희 온갇 고기 뛰노ᄂ다.

(하사夏詞 – 제2수)

년(蓮) 닙희 밥 싸 두고 반찬(飯饌)으란 쟝만 마라.

닫 드러라 닫 드러라

청약립(靑蒻笠)은 써 잇노라 녹사의(綠蓑衣) 가져오냐.

지국총(至匊悤) 지국총(至匊悤) 어사와(於思臥)

무심(無心)혼 빅구(白鷗)는 내 좃ᄂ가 제 좃ᄂ가.

와실(蝸室)을 ᄇ라보니 빅운(白雲)이 둘러잇다.

비 븟텨라, 비 븟텨라

부들 부치 ᄀ로 쥐고 셕경(石逕)으로 올라가쟈.

지국총(至匊恩) 지국총(至匊恩) 어사와(於思臥)

어옹(漁翁)이 한가(閑暇)터냐 이거시 구실이라.

슈국(水國)의 ᄀ을히 드니 고기마다 술져 읻다.

닫 드러라 닫 드러라

만경딩파(萬頃澄波)의 슬ᄏ지 용흥(容輿)ᄒ쟈.

지국총(至匊恩) 지국총(至匊恩) 어사와(於思臥)

인간(人間)을 도라보니 머도록 더옥 됴타.

기러기 떳ᄂ 박긔 못 보던 뫼 뵈ᄂ고야.

이어라 이어라

낙시질도 ᄒ려니와 취(趣)ᄒ 거시 이 흥(興)이라.

지국총(至匊恩) 지국총(至匊恩) 어사와(於思臥)

석양(夕陽)이 ᄇ익니 쳔산(千山)이 금슈(錦繡) ㅣ 로다.

(동사冬詞 – 제4수)

간밤의 눈 긴 후(後)에 경믈(景物)이 달랃고야.

이어라, 이어라

압희눈 만경류리(萬頃琉璃) 뒤희눈 천텹옥산(天疊玉山)

지국총(至匊恖) 지국총(至匊恖) 어사와(於思臥)

션계(仙界)ㄴ가 불계(佛界)ㄴ가 인간(人間)이 아니로다.

(동사冬詞 – 제8수)

믉ᄀᆞ의 외로운 솔 혼자 어이 싁싁ᄒᆞᆫ고.

ᄇᆡ 믜여라 ᄇᆡ 믜여라

머흔 구룸 흔(恨)티 마라 셰상(世上)을 ᄀᆞ리온다.

지국총(至匊恖) 지국총(至匊恖) 어사와(於思臥)

파랑셩(波浪聲)을 염(厭)티 마라 딘훤(塵喧)을 막눈또다.

 ## 핵심 정리

- 형식: 평시조, 연시조(춘하추동 각 10수씩 전 40수)
- 연대: 조선 효종 때
- 출전: 『고산유고』
- 성격: 풍류적, 낭만적, 한정가
- 주제: 아름다운 자연의 사계절을 즐기는 기쁨
- 의의: 대구, 반복, 원근법 등을 사용하여 40수에 걸쳐 자연 속에
  한가롭게 살아가는 기쁨을 노래함

오우가

윤선도

내 벗이 몇인가 하니, 수석과 송죽이라

윤선도는 정철, 박인로와 함께 우리나라의 3대 가인歌人으로 불립니다. 윤선도의 태몽은 '죽은 용'이었다고 합니다. 용은 비범함을 뜻하지만 죽어 있다는 것이 의미심장하지요. 실제로 윤선도는 모르는 학문이 거의 없었을 정도로 총명했고 왕자를 가르치는 스승의 자리까지 오르기도 했지만, 여러 번 모함을 받아 귀양을 가는 등 정치적으로 복잡하고 험난한 생활을 했습니다. 귀양지를 여러 번 오가서인지, 윤선도는 자연을 소재로 한 시조를 많이 지었습니다. 또한 한글의 아름다움을 살린 작품들을 남긴 것으로도 유명합니다.

나의 벗이 몇인가 하니 물과 돌과 소나무, 대나무라.

동산에 달이 떠오르니 그 더욱 반갑구나.

두어라, 이 다섯밖에 또 더한들 무엇하리?

1수는 화자가 자신의 벗을 소개하는 서시입니다. 자신의 벗이 몇이나 되는지 스스로에게 질문하고 대답을 내리는 과정이지요. '오우가'는 윤선도가 해남의 금쇄동이라는 마을에 은거할 때 지었다고 합니다. 단출한 초가집을 지어 속세를 잊고 주위의 자연물을 친구로 삼은 윤선도의 마음이 호방하게 느껴집니다.

윤선도는 은거하고 있던 금쇄동의 초가집 주변에서 쉽게 볼 수 있는 자연물인 물, 돌, 소나무, 대나무, 달을 관찰한 후에 다른 자연물과 다르게 이들은 변치 않는 속성이 있음을 깨달았습니다. 세상에서는 진실한 친구 한 명을 사귀기도 어렵다고 했는데 윤선도는 이 다섯을 친구로 삼았으니 더 부러울 것이 없습니다.

구름의 빛깔이 깨끗하다고 하나, 검기를 자주 한다.
바람 소리가 맑게 들려 좋기는 하나, 그칠 때가 많도다.
깨끗하고도 끊어지는 때가 없는 것은 물뿐인가 하노라.

2수에서는 첫 번째 벗, 물을 소개합니다. 지자요수智者樂水라는 사자성어가 있습니다. 슬기로운 사람은 사리에 밝아서 막힘없이 흐르는 물과 같기 때문에 물을 좋아한다는 뜻이지요. 화자가 생각하기에 흘러가는 것 중에 구름은 맑은 날과 흐린 날에 따라 빛깔을 달리하고 바람 소리는 듣기 좋지만 항상 들리지는 않습니다. 반면에 흐르는 물은 깨끗하고 맑을뿐더러 멈추지 않고 항상 흐릅니다.

꽃은 무슨 까닭에 피고서는 금방 지고,

풀은 어찌하여 푸른 듯하지만, 곧 누런빛을 띠는가?

아마도 변하지 않는 것은 바위뿐인가 하노라.

피어난 꽃은 아름답지만 금방 시들어 버립니다. 우리 조상들은 이
를 '화무십일홍花無十日紅'이라고 했습니다. '열흘 붉은 꽃은 없다'
는 뜻처럼 어떤 것도 영원할 수는 없을 겁니다. 풀은 꽃보다 오랜
시간 푸른빛을 유지하기는 하지만 가을이 되면 누렇게 시들어 버
립니다.

반면에 바위의 생명력은 변치 않습니다. 언제나 같은 자리에서 변
하지 않는 모습을 보여 주지요. 3수 역시 꽃과 풀의 순간적인 화려
함과 바위의 소박하고 단단한 영원성을 대조하여 표현하고 있습
니다.

더우면 꽃이 피고, 추우면 잎은 떨어지는데
소나무야, 너는 어찌 눈서리를 모르느냐?
땅속에 뿌리 곧은 걸 그것으로 알겠노라.

날이 따뜻해지면 꽃이 피고, 추워지면 낙엽이 지는 것이 자연의
이치입니다. 하지만 소나무는 겨울에도 곧은 줄기와 푸른 잎을 유
지합니다. 소나무가 겨울의 눈서리를 무서워하지 않는 것은 뿌리
가 깊기 때문입니다. 소나무의 지조와 절개는 충신열사의 상징이
기도 합니다.

나무도 아닌 것이 풀도 아닌 것이,
곧으라고 누가 시켰으며 속은 어이하여 비었는가?
저렇고도 사계절에 푸르니 나는 그를 좋아하노라.

사군자 중 하나인 대나무는 나무도 아닌 것 같고 풀도 아닌 것 같
습니다. 풀처럼 속이 비었는데 나무줄기처럼 꼿꼿합니다. 사시사
철 푸른 절개를 보여 주니 군자로서 대나무를 좋아하지 않을 수
없습니다.

작은 것이 높이 떠서 온 세상을 다 비추니
한밤중의 광명이 너만 한 것 또 있겠느냐?
보고도 말 안 하니 내 벗인가 하노라.

밤하늘을 올려다보니 동전만 한 달이 떠 있습니다. 이렇게 작은 달이 어두운 밤에 온 세상을 밝혀 줍니다. 어두울수록 밝게 빛나며, 묵묵하게 세상을 비추는 달 또한 좋은 친구입니다. 다른 벗들은 화자의 손이 닿을 수 있는 가까운 곳에 있고 화자와 같은 공간에서 살아가지만 달은 화자가 도달할 수 없는 상공, 즉 절대자의 위치에 있습니다. 그렇기에 달을 우러러보고 동경할 수 있는 것이겠지요.

물과 돌, 소나무와 대나무, 그리고 달은 이 시조가 지어진 지 수백 년이 흐른 지금에도 우리 주위에서 흔하게 볼 수 있는 자연물입니다. 일상에서 스쳐 지나갈 수 있는 것들을 특별하게 포착해 내는 윤선도의 철학적 성찰의 깊이가 대단하게 느껴집니다. 윤선도는 다섯 가지 자연물을 칭송하고 있지만 그 이면을 살펴보면 시인 자신의 강직하고 바른 마음을 발견할 수 있습니다.

오우가(五友歌)

윤선도

내 버디 몃치나 ᄒ니 수석(水石)과 송죽(松竹)이라.
동산(東山)의 ᄃ 오르니 긔 더옥 반갑고야.
두어라 이 다숫 밧긔 ᄯ 더ᄒ야 머엇ᄒ리.

구룸 빗치 조타ᄒ나 검기를 ᄌ로 ᄒ다.
ᄇ람소ᄅ 몱다ᄒ나 그칠 적이 하노매라.
조코도 그츨 뉘 업기ᄂ 믈뿐인가 ᄒ노라.

고ᄌ 므스 일로 픠며셔 쉬이 디고,
플은 어이ᄒ야 프르ᄂᄃ 누르ᄂ니,
아마도 변티 아닐ᄉ 바회뿐인가 ᄒ노라.

더우면 곳 픠고 치우면 닙 디거ᄂ,
솔아 너ᄂ 얻디 눈서리를 모ᄅᄂ다.
구천(九泉)의 불휘 고ᄃ 줄을 글로 ᄒ야 아노라.

나모도 아닌 거시 플도 아닌 거시,
곳기ᄂ 뉘 시기며 속은 어이 븨연ᄂ다.
뎌러코 사시(四時)예 프르니 그를 됴하ᄒ노라.

쟈근 거시 노피 써서 만믈(萬物)을 다 비취니,
밤듕의 광명(光明)이 너만 ᄒᆞ니 또 잇ᄂᆞ냐.
보고도 말 아니ᄒᆞ니 내 벋인가 ᄒᆞ노라.

 핵심 정리

- 형식: 연시조(전 6수)
- 연대: 조선 인조 때
- 출전: 『고산유고』
- 성격: 예찬적, 찬미적
- 주제: 자연의 다섯 가지 벗(수, 석, 송, 죽, 월)의 변치 않는 속성
  을 칭찬함
- 의의: 최초의 연시조, 강호가도의 선구적 작품

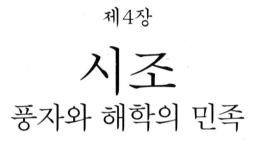

제4장

시조
풍자와 해학의 민족

재 너머 성권농 집에

잘 익은 술을 얼른 맛보고 싶어라

정철

정철은 술을 사랑하기로 유명한 사람이었습니다. 정철은 술을 굉장히 많이 마셨고, 술버릇이 얼마나 고약했던지 잔뜩 취한 나머지 왕의 부름에도 나가지 않았다고 합니다. 정철을 아꼈던 선조가 보다 못한 나머지 은으로 만든 술잔을 하사하며 "앞으로 하루에 이 잔으로 딱 석 잔만 마시거라"고 명했다는 이야기가 전해집니다.

정철은 '관동별곡', '사미인곡', '속미인곡', '성산별곡' 등 뛰어난 작품들을 지어 조선 시대 최고의 가사 작가라고 불리는데요. 가사뿐만 아니라 시조 작품도 많이 남겼습니다. 가사에 비해 가벼운 내용이 담긴 작품을 남겼으며 술과 관련된 시조도 몇 수 남아 있습니다. 언제 죽을지 모르는 인생이니 마실 수 있을 때 술을 마셔두자는 내용의 사설시조 '장진주사'가 그중 하나이지요. '재 너머 성권농 집에' 역시 술 마시는 즐거움을 해학적으로 표현한 작품입니다.

고개 너머 사는 성 권농勸農* 집의 술이 익었다는 말을
어제 듣고.

평소 술을 아주 좋아하던 정철은 자신의 동네에 사는 농부에게 고
개 넘어 사는 성 권농의 집에서 담근 술이 익었다는 말을 전해 듣
습니다. 술을 사랑하는 술꾼이 아주 좋은 정보를 얻은 것입니다.

* 　조선 시대에 지방의 방(坊)이나 면(面)에 속하여 농사를 장려하던 직책.

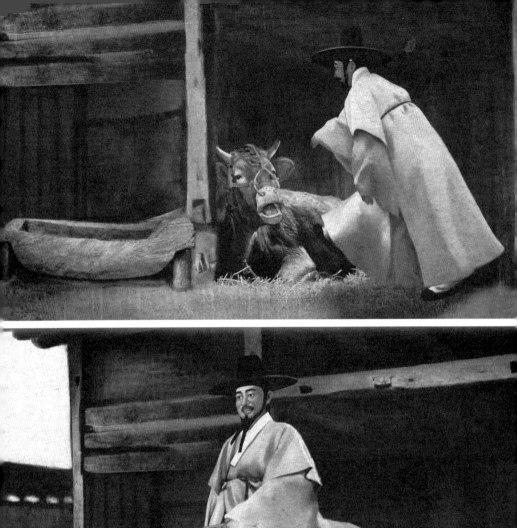

누워 있는 소를 발로 차서 일으켜
언치만 얹어서 눌러 타고,

얼른 가서 술을 마시고 싶은 생각에 마음이 급한 정철은 죄 없는
소를 발로 걷어차서 일으킵니다. 언치는 말이나 소의 등에 안장을
놓기 전에 그 밑에 까는 두꺼운 방석이나 담요를 뜻합니다. 정철
은 급한 마음에 안장도 정식으로 놓지 않고 소 위에 올라탑니다.
한시라도 빨리 술을 맛보고 싶어 양반의 품위도 잊은 채 서두르는
모습에서 인간미가 느껴집니다.

아이야, 너의 권농 계시냐? 정 좌수 왔다고 여쭈어라.

종장에서는 정철이 성 권농의 집에 이르는 과정을 과감히 생략하고 있습니다. 성 권농의 집에 도착하여 술을 마시는 내용도 나오지 않지요. 이처럼 시상을 압축하고 생략하는 기법은 정철 문학의 특징 중 하나입니다.

술도 좋아했겠지만 술을 대접하는 벗을 아꼈기에 정철은 그렇게 서둘러 길을 나섰던 것이겠지요. 이 작품은 술과 벗을 좋아하는 정철의 풍류와 농촌의 토속적인 분위기가 조화를 이룹니다. 유쾌하고 생동감 넘치는 분위기가 가득한 작품입니다.

재 너머 셩권롱(成勸農) 집의

정철

재 너머 셩권롱(成勸農) 집의 술 닉닷 말 어지 듯고,

누은 쇼 발로 박차 언치 노하 지즐 투고,

아히야, 네 권롱 겨시냐 뎡좌슈 왓다 흐여라.

정철은 가사 자신의 주특기인 가사 작품과 다르게 가볍고 흥
겨운 시조 작품을 몇몇 남겼는데, 당시 내로라하는 애주가였던
만큼 술과 관련된 작품도 남겼습니다. 대표적으로 이 책에 실린
'재 넘어 성권농의 집의'와 인생은 덧없는 것이니 술이나 마시자
는 마음을 노래한 '장진주사'가 있습니다.

 ## 핵심 정리

- 형식: 평시조
- 연대: 조선 초기
- 출전: 『송강가사』
- 성격: 서사적, 해학적
- 주제: 친구와 술잔을 기울이고픈 급한 마음
- 의의: 후각과 청각적 심상을 효과적으로 사용하고 자유로운 언어
  구사가 돋보여 송강의 시조 가운데 백미로 평가받는 작품

개를 여남은이나 기르되

세상에 나쁜 개는 없잖아요

작자 미상

시조 갈래의 뿌리라고 할 수 있는 평시조는 사대부들이 주된 작자였고, 강호한정과 연군지정 등 유교적 교훈을 담은 주제가 대부분이었습니다. 조선 후기에 이르자 평민과 부녀자들도 시조를 짓게 되면서 사설시조라는 새로운 갈래가 생겨납니다. 사설시조는 평시조에서 영향을 받았지만 그 주제는 전혀 달랐습니다. 당시 사회상을 반영하여 세태를 풍자하고 평민들의 진솔한 감정을 소박한 언어로 표현한 것이 사설시조의 매력이지요.

'개를 여라믄이나 기르되'로 시작하는 이 시조는 화자가 기르는 개에 대한 미움을 노래하고 있습니다. 그러나 개를 미워하는 상황은 표면적인 감정의 표현에 불과하지요. 화자의 속마음은 과연 무엇일까요?

개를 열 마리 넘게 길렀어도 요 개같이 얄미우랴?

초장에서 화자는 자신이 기르는 개에 대한 미움의 감정을 표현합니다. 반려동물은 바라만 보아도 흐뭇한 미소가 지어지기 마련인데 도대체 무슨 이유일까요? 화자의 개가 큰 실수라도 한 걸까요? 화자는 초장에서 결론을 먼저 이야기하며, 독자에게 궁금증을 불러일으키고 있습니다. 그 이유는 중장에서 확인할 수 있습니다.

미운 임이 오면 꼬리를 홰홰 치면서
뛰어올랐다 내리뛰었다 반겨 내닫고,

싸리문 밖에서 등에 짐을 진 보부상 차림의 사내가 들어오자 개가
반가워합니다. 가족을 보면 개는 좋아서 펄펄 뜁니다. 특히 오랜
만에 보는 가족이면 더더욱 난리가 나지요. 그러나 여인은 남자가
별로 반갑지 않은지 방문만 연 채 무표정하게 바라보고 있습니다.
오랜만에 보는 남편인데 왜 반갑지 않은 걸까요?

고운 임이 오면 뒷발을 버둥거리면서
물러섰다 나아갔다 하며 캉캉 짖어 돌아가게 한다.

이번엔 여인이 기다리던 임이 왔습니다. 하지만 임을 본 개는 사
납게 짖으며 물듯이 달려듭니다. '고운 임'이 혹시 여인이 몰래 만
나는 사람이라면 남들의 눈에 띄지 않을 때, 어두운 밤에 만나야
할 것입니다. 개는 집을 지키는 것이 본능이라 낯선 사람이, 그것
도 야심한 밤에 집에 들어오려고 하면 짖는 것이 당연합니다. 개
의 기세에 놀란 남자는 결국 남이 볼까 두려워 도망갑니다.

쉰밥이 그릇 그릇 난들 너 먹일 줄 있으랴.

여인은 자신의 임무에 충실했던 개에게 애꿎은 화를 냅니다. 개는 영문도 모르고 밥을 굶게 되었습니다. 개가 반기는 남자는 당연히 그 집에 사는 사람일 겁니다. 더구나 보부상처럼 장사를 나갔다가 오랜만에 집에 왔다면 개는 그 사람을 무척 반길 겁니다. 하지만 여인은 남편일 가능성 높은 이 남자를 미워합니다. 아마 좋아하는 외간 남자가 생긴 것 같습니다. 그러니 밤에 몰래 집에 들이려 하는 것이겠지요. 하지만 기르는 개 때문에 밤에 몰래 만나려는 계획이 틀어져 버렸습니다. 그러니 여인은 개가 얼마나 얄미울까요?

화자와 개 사이의 표면적 갈등을 빌려 화자가 진짜로 하고 싶은 말은, "이렇게 기다리고 있는데 왜 나를 찾아 주지 않나요? 당신 참 얄밉네요"가 아닐까요? 이렇게 임을 기다리는 심정을 소박한 언어로 익살스럽게 표현하여 세월이 흘러서도 웃음을 선사하고 있습니다.

개를 여라믄이나 기르되

작자 미상

개를 여라믄이나 기르되 요 개곳치 얄믜오랴.

뮈온 님 오며는 쇼리를 홰홰 치며

쉬거락 느리 쮜락 반겨서 내돗고 고온 님 오며는

뒷발을 버동버동 므르락 나으락 캉캉 즈져서 도라가게 혼다.

쉰밥이 그릇 그릇 난들 너 머길 줄이 이시랴.

핵심 정리

- 형식: 사설시조
- 연대: 조선 후기
- 출전: 『청구영언』
- 성격: 해학적, 연정가
- 주제: 주인의 마음을 모르는 개에 대한 얄미움
- 의의: 의성어, 의태어를 사용하여 오지 않는 임에 대한 원망을 해
  학적으로 표현함

발가벗은 아이들이

서로 속고 속이는 세상살이

이정신

이 시는 드물게 작가가 알려진 사설시조로 조선 영조 때의 문장가 이정신이 지었습니다. 이 시에는 당시 세태를 풍자하는 내용이 담겨 있는데, 교육을 많이 받지 못한 서민 계층이나 여인들의 사설시조와는 달리 양반인 작가가 지은 작품이기에 다른 사설시조와는 구별되는 세련된 시적 표현과 작가의 시대정신이 나타납니다. 시의 표면적 내용은 아이들이 고추잠자리를 잡는 풍경입니다. 그런데 그 속에는 서로 속이고 속는 세상의 각박한 인심을 비판하는 내용이 담겼습니다. 이와 비슷한 세태 풍자는 사설시조 '두꺼비 파리를 물고'에서도 나타납니다.

발가벗은 아이들이 거미줄 테를 들고
개천을 왔다 갔다 하며

철부지 아이들이 개울가에서 발가벗고 고추잠자리를 쫓아다니고 있습니다. 옛날에는 요즘 같은 잠자리채가 없어서 둥글게 구부린 대나무 테에 거미줄을 갖다 대어 작은 곤충을 잡는 데에 썼습니다. 아이들은 이리 오면 살고 저리 가면 죽는다는 노래를 부르며 잠자리를 유인합니다.

"발가숭아, 발가숭아, 저리 가면 죽고 이리 오면 산다"
부르는 것이 발가숭이 아이들이로구나.

시어 '발가숭이'는 벌거벗은 아이와 고추잠자리를 중의적으로 표현하고 있습니다. 둘 다 가진 것 없고 힘없는 존재들을 뜻합니다. 벌거벗은 아이는 고추잠자리에게 권력을 행사하지만 제삼자 입장에서 볼 때 아이 또한 약자에 해당되니까요. 이렇게 자신이 말하고 싶은 내용을 직접적으로 노출하지 않고 빗대어 돌려 표현하는 방법을 '우의'라고 합니다. 직접적으로 드러내지 않고도 효과적으로 속뜻을 표현하는 세련된 방식입니다.

아마도 세상 일이 다 이런 것인가 하노라.

아이들이 잠자리를 잡으려고 거짓말을 하는 것처럼, 세상에는 자신의 이익을 위해 사람들을 속이는 일이 많습니다. 힘이나 권력을 가진 자들이 자신보다 약한 사람들을 괴롭히는 일도 많지요. 작자는 권력가와 백성, 신하와 임금, 장사치와 소비자 등의 관계에서 볼 수 있듯 속고 속이는 일들이 만연한 세상을 비판하고 싶었을 것입니다.

붉가버슨 아해(兒孩)ㅣ들리

이정신

붉가버슨 아해(兒孩)ㅣ들리 거믜줄 테를 들고
기천(川)으로 왕래(往來)ᄒ며,
붉가숭아 붉가숭아, 져리 가면 죽ᄂ니라.
이리 오면 스ᄂ니라. 부로나니 붉가숭이로다.
아마도 세상(世上) 일이 다 이러흔가 ᄒ노라.

핵심 정리

- 형식: 사설시조
- 연대: 조선 후기
- 출전: 『고산유고』
- 성격: 풍자적, 비판적, 현실 반영
- 주제: 서로 속고 속이는 당시 세태에 대한 비판
- 의의: 서로를 믿을 수 없는 약육강식의 각박한 세태를 해학적으
  로 풍자한 작품

두꺼비 파리를 물고

더 가진 자들이 갑질하는 세상

작자 미상

지금부터 함께 읽어 볼 시조는 '발가벗은 아이들이'와 같이 당시의 세태를 풍자하는 작품입니다. 17세기에서 18세기는 사설시조가 민중을 중심으로 성행하던 시기입니다. 관리들의 횡포가 극심해지면서 민중 의식이 싹텄기 때문입니다. 언어는 가장 효과적인 표현수단입니다. 민중들은 문학을 통해 비판 의식을 형상화했습니다. 사회의 부패한 지점을 정확하게 꼬집어 냈고, 그것을 풍자의 방법으로 희화화했습니다.

'두꺼비 파리를 물고'에서는 앞 작품에 비해 풍자의 대상이 당시 권력을 잡고 있었던 지배 계층으로 더 구체화되어 있습니다.

이 작품에서 지배 계층은 '두꺼비', 힘없는 백성은 '파리'로 나타납니다. 여기서 두꺼비는 약자에게 강하고 강자에게 약한 비겁한 모습을 보여 줍니다. 그런데 이런 상황은 조선 시대뿐만 아니라 지금 들어도 어색하지 않습니다. 많이 가진 사람이 적게 가진 사람을 깔보고 무시하며, 더 많이 가진 사람에게는 고개를 숙입니다. 직장과 정치판 등 일상생활에서 온갖 갑질이 난무하는 시대를 살아가고 있는 현재에도 이 시가 시사하는 바가 적지 않다고 할 수 있습니다.

두꺼비 파리를 물고 두엄 위에 뛰어 올라가 앉아

두꺼비가 높은 두엄에 올라 파리를 입에 물고 있습니다. 두엄은 두꺼비가 보기엔 꽤 높아서 그 언덕에 올라 풍경을 바라보니 세상을 발아래 둔 듯합니다. 그렇다 하더라도 두엄은 냄새나는 똥 무더기일 뿐입니다.

건너편 산을 바라보니 백송골이 떠 있기에
가슴이 섬뜩하여 펄쩍 뛰어 내닫다가
두엄 아래 자빠졌구나.

득의양양한 두꺼비의 머리 위로 천적인 송골매가 지나갑니다. 두
꺼비는 체면을 차릴 것도 없이 허겁지겁 두엄에서 뛰어내려 숨기
바쁩니다. 꼴이 말이 아니네요. 종장에서는 바짝 엎드려 숨어서
송골매가 사라지는 걸 본 두꺼비가 몸을 가다듬습니다.
이 시에서 '두꺼비'는 지방의 탐관오리, '파리'는 힘없는 백성을
뜻합니다. '두꺼비'가 두려움을 느끼는 존재인 '백송골'은 중앙 관
리를 나타냅니다.

마침 날랜 나였기에 망정이지 피멍들 뻔했구나.

곧이어 두꺼비의 변명 같은 독백이 이어집니다. 알량한 자기합리화입니다. 이 시조가 지어진 조선 시대에는 지방 관리가 백성들에게 직접 세금을 걷었습니다. 이런 제도가 관리들의 부패를 부추겼는데, 조선 후기 때는 지방 관리의 수탈이 더 노골적이 되어 한양과 먼 곳일수록 뇌물의 액수가 많았다고 합니다. 그러나 백성을 좀먹던 지방의 관리들도 자신보다 높은 관직에 있는 사람들에게는 몸을 낮추어 아부를 했습니다. 중앙의 높은 관리들은 외국 세력을 두려워하였지요. 어느 쪽이든 부도덕하고 파렴치하다는 것은 변함이 없습니다. 이 작품은 위와 아래가 모두 부패한 조선 후기의 정치 현실을 강하게 풍자하고 있습니다.

두터비 포리를 물고

작자 미상

두터비 포리를 물고 두험 우희 치드라 안자,
것넌 산(山) 브라보니 백송골(白松骨)이 써잇거늘
가슴이 금즉ᄒ여 풀덕 쒸여
내듯다가 두험 아래 쟛바지거고,
모쳐라 늘낸 낼싀만졍에 에헐질 번ᄒ괘라.

조선 후기 현실을 비판한 사설시조 중에서 '두꺼비 파리를 물고'는 어떤 작품보다 현실 비판적인 내용을 강하게 담고 있습니다. 당시의 가장 큰 사회적 모순은 지방 관리가 백성들에게 직접 세금을 걷었던 것이었습니다. 지방 관리 중에도 백성을 직접 다스리는 목민관이 부패하면 백성들의 삶이 피폐할 수밖에 없는 구조였던 것입니다. 지방 관리의 부패로 일어난 대표적인 민중 항쟁인 동학 혁명 당시에 세상을 구할 비책이 담긴 책이 있다고 소문이 났는데, 알고 보니 그 책이 바로 다산 정약용의 『목민심서』였다는 설은 시사하는 바가 크다고 할 수 있습니다. 이 시에는 부패한 목민관에 대한 강한 비판이 담겨 있습니다.

 핵심 정리

- 형식: 사설시조
- 연대: 조선 후기
- 출전: 『청구영언』
- 성격: 풍자적, 해학적, 우의적, 희화적
- 주제: 지배 계층의 부도덕성에 대한 비판
- 의의: 의인법과 우의법으로 당시의 권력 관계를 풍자한 작품

민요는 예로부터 민중 사이에 불려 오던 전통적인 노래를 통틀어 이릅니다. 대개 특정한 작사자나 작곡가가 없이 민중 사이에서 구전되어 내려오며 민중의 실제 생활과 감정, 사상을 담고 있습니다. 오랜 기간 입에서 입으로 전해진 노래이기 때문에 각 지방의 생활과 정서가 잘 반영되어 있고 발생 지역마다 고유의 사투리와 억양이 드러납니다.

민요는 전문 소리꾼들이 불러 전국적으로 널리 알려진 통속 민요와 일반인이 각 지방에서 부르는 토속 민요로 구분됩니다. 토속 민요는 발생 지역에 따라 경기도 민요, 충청도 민요, 황해도 민요, 평안도 민요, 전라도 민요, 함경도 민요, 강원도 민요, 경상도 민요, 제주도 민요 등으로 나뉩니다. 이 책에서는 경북 지방의 부녀자들 사이에서 구전되어 시집살이의 어려움을 토로한 노래인 '시집살이요'를 소개합니다.

제5장

민요

시집살이요

시집살이 개집살이

작자 미상

고대부터 조선 초기까지 남자가 여자의 집으로 장가를 드는 것이 우리나라의 일반적인 결혼 문화였습니다. 이를 '남귀여가男歸女家'라고 했는데, 조선 왕조는 약 1,500년간 이어진 오랜 전통을 뒤로 하고 성리학의 이념에 근거한 유교식 중국 혼례인 '친영제親迎制'를 도입하였습니다. 악명 높은 시집살이가 이때부터 시작된 것이지요. 남녀 구분 없이 공평하게 재산을 물려받고, 함께 제사를 지내고 재혼이 자유롭던 것이 이전까지의 풍습이었지만 새로운 결혼 제도가 도입되자 여성들의 삶은 백팔십도 바뀌었습니다.

결혼한 여성은 남편의 집에 들어가 시집 식구들을 모시며 혹독한 시련을 견뎌야 했습니다. 자신을 낮추고 버리며 '며느리'로 살아가야 했습니다. 여성에게 주어진 의무는 산더미같이 많았지만 여성의 사회적 지위는 바닥으로 떨어졌습니다. 오죽하면 아내를 내쫓을 수 있는 일곱 가지 이유 '칠거지악七去之惡'이 법으로 제정되었을까요.

많은 여성들은 시집살이의 어려움과 괴로움, 친정에 대한 그리움을 민요와 규방가사에 담아냈습니다. 여성이 울음을 삼키며 쥐어짜낸 노래들은 기록으로 남아 과거 여인들의 생활사를 추측하는 귀중한 자료가 되고 있습니다.

형님 온다 형님 온다 분고개로 형님 온다.
형님 마중 누가 갈까 형님 동생 내가 가지.
형님 형님 사촌 형님 시집살이 어떱데까?

시집간 여인이 친정 마을로 돌아옵니다. 예전에는 시집간 여자는
출가외인出嫁外人이라 하여 시집 주변을 벗어나기가 매우 힘들었
습니다. 그러니 오랜만에 찾아온 사촌 언니가 얼마나 반가울까요.
마중을 나온 사촌 동생이 언니에게 시집살이가 어떤지 묻습니다.
이 노래를 소리 내어 읽어 보세요. 자연스럽게 4개의 구절로 끊어
읽게 될 겁니다. 이렇게 4음보로 만들어진 작품은 균형 잡힌 리듬
을 형성하기 때문에 노래로 부르기에 적합하답니다.

어얘 어얘 그 말 마라 시집살이 개집살이.
앞밭에는 당추 심고 뒷밭에는 고추 심어.
고추 당추 맵다 해도 시집살이 더 맵더라.

둥글둥글 수박 식기 밥 담기도 어렵더라.
도리도리 도리소반 수저 놓기 더 어렵더라.

오 리[■] 물을 길어다가 십 리 방아 찧어다가,

아홉 솥에 불을 때고 열두 방에 자리 걷고,

외나무다리 어렵대야 시아버지같이 어려우랴?
나뭇잎이 푸르대야 시어머니보다 더 푸르랴?

동생의 물음에 언니의 답변이 길게 이어집니다. 고추를 심어 농사
를 짓고, 식사를 준비하고, 멀리까지 나가 물을 길어 오고, 열두 방
의 잠자리를 준비하는 일까지 모두 여성의 몫이네요. 눈코 뜰 사
이 없이 바쁘고 혼자 하기는 너무 힘든 일입니다. 이럴 때 일을 함
께 하고 따뜻하게 보듬어 주는 사람이 있으면 좋을 텐데 시어머니
와 시아버지는 서슬 퍼런 눈으로 며느리를 감시만 하고 있습니다.

시아버니 호랑새요 시어머니 꾸중새요,
동세 하나 할림새요 시누 하나 뾰죽새요,

시집 식구들과 자신을 새에 비유하여 시집살이의 괴로움을 해학적으로 표현하는 구절입니다. 대구와 대조, 열거의 방식이 사용되어 리듬감이 고조됩니다. 시아버지는 집안의 가장 큰 어른이라 호랑이처럼 가장 무서운 존재였을 겁니다. 시집살이 제도가 시작되면서부터 며느리의 훈육은 시어머니가 담당했지요. 며느리에게 매일 꾸중을 일삼는 시어머니는 '꾸중새'로 묘사되고, 고자질을 잘하는 시누이는 '할림새'로 표현됩니다.

시아지비 뽀중새요 남편 하나 미련새요,
자식 하난 우는 새요 나 하나만 썩는 샐세.

동서와 시누이, 시아주버니 역시 어렵긴 마찬가지입니다. 이럴 때 오직 한 명, 남편만이라도 아내의 편이 되어 주어야 하는데 힘든 마음조차 몰라주니 답답할 따름입니다. 더군다나 철부지 어린 자식은 엄마가 고생하는 줄도 모르고 울어 댑니다. 온 집 안에 사람이 그렇게 많은데도 화자의 마음을 알아주는 사람은 단 한 명도 없으니 속이 썩어 날 지경입니다.

귀먹어서 삼 년이요 눈 어두워 삼 년이요,
말 못해서 삼 년이요 석삼년을 살고 나니,

배꽃 같은 요 내 얼굴 호박꽃이 다 되었네.

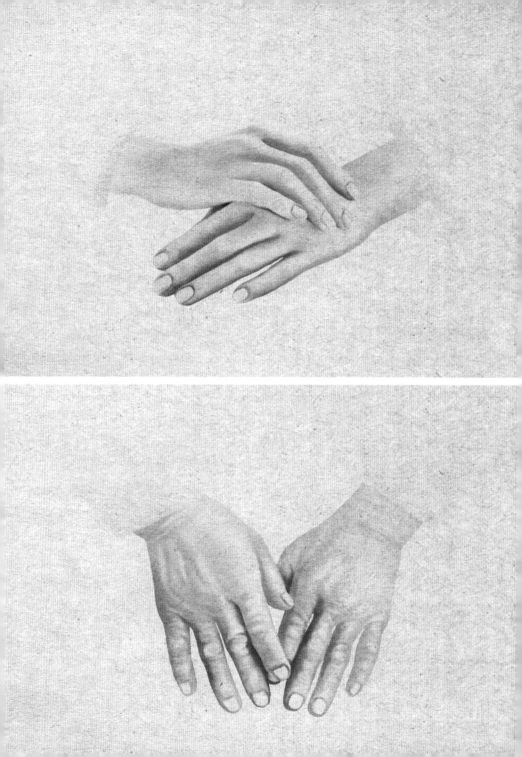

삼단 같은 요 내 머리 비사리*춤**이 다 되었네.
백옥 같던 요 내 손길 오리발이 다 되었네.

못하면 꾸중을 듣고 잘해도 실수를 찾아내어 미움을 받는 게 시집
살이이기 때문에 친정어머니들은 딸들에게 '벙어리로 삼 년, 귀머
거리로 삼 년, 장님으로 삼 년을 살아라'고 말하곤 했습니다. 그렇
게 구 년을 살고 나니 화자의 몸과 마음은 모두 지치고 말았습니
다. 집안과 바깥일로 너무 고생한 나머지 '배꽃'처럼 곱던 얼굴이
'호박꽃'으로, 삼을 묶은 탐스러운 단처럼 탐스럽던 머릿결이 싸
리나무 껍질로, '백옥'같이 희고 매끄럽던 손이 '오리발'이 되었습
니다.

* 벗겨 놓은 싸리의 껍질. 노를 꼬거나 미투리 바닥을 삼는 데 쓴다.
** 가늘고 기름한 물건을 한 손으로 쥘 만한 분량.

열새 무명 반물* 치마 눈물 씻기 다 젖었네.
두 폭붙이 행주치마 콧물 받기 다 젖었네.
울었던가 말았던가 베갯머리 소[*] 이겼네.
그것도 소라고 거위 한 쌍 오리 한 쌍
쌍쌍이 떼로 들어오네.

시어머니의 눈을 피해 잠시 한숨을 돌리려니 서러움이 복받쳐 눈물이 쏟아집니다. 베갯머리에 몰래 흘린 눈물이 모이고 모이니 그것도 연못이라고 어린 자식들이 찾아와 품으로 파고듭니다. 시집살이의 괴로움을 자식들의 얼굴을 보며 겨우 다독입니다.

* 검은빛을 띤 짙은 남색.

시집살이 노래

작자 미상

형님 온다 형님 온다 분(粉) 고개로 형님 온다.

형님 마중 누가 갈까. 형님 동생 내가 가지.

형님, 형님 사촌 형님 시집살이 어떱뎁까?

이애 이애 그 말 마라 시집살이 개집살이.

앞밭에는 당추(唐秋) 심고 뒷밭에는 고추 심어,

고추 당추 맵다 해도 시집살이 더 맵더라.

둥글둥글 수박 식기(食器) 밥 담기도 어렵더라.

도리도리 도리 소반(小盤) 수저 놓기 더 어렵더라.

오 리(五里) 물을 길어다가 십 리(十里) 방아 찧어다가,

아홉 솥에 불을 때고 열 두 방에 자리 걷고,

외나무다리 어렵대야 시아버지같이 어려우랴?

나뭇잎이 푸르대야 시어머니보다 더 푸르랴?

시아버니 호랑새요 시어머니 꾸중새요,

동세 하나 할림새요 시누 하나 뾰족새요.

시아지비 뾰중새요 남편 하나 미련새요,

자식 하난 우는 새요 나 하나만 썩는 샐세.

귀먹어서 삼 년이요 눈 어두워 삼 년이요,

말 못해서 삼 년이요 석 삼 년을 살고 나니,

배꽃 같던 요 내 얼굴 호박꽃이 다 되었네.
삼단 같던 요 내 머리 비사리춤이 다 되었네.
백옥 같던 요 내 손길 오리발이 다 되었네.
열새 무명 반물 치마 눈물 씻기 다 젖었네.
두 폭 붙이 행주치마 콧물 받기 다 젖었네.
울었던가 말았던가 베개 머리 소(沼) 이겼네.
그것도 소이라고 거위 한 쌍 오리 한 쌍
쌍쌍이 때 들어오네.

 핵심 정리

- 형식: 민요
- 연대: 조선 시대 후기
- 성격: 여성적, 해학적, 서민적, 사실적
- 표현: 대화체, 반복, 대구, 열거, 대조 등
- 주제: 시집살이의 어려움과 체념
- 의의: 대표적인 부요(婦謠)로, 서민 여성의 어려움과 괴로움이
  소박하고 간결한 언어 속에 압축되어 섬세하게 표현됨

두보는 이백과 더불어 중국 고대 시의 쌍벽을 이루는 시인입니다. 이백의 시가 고고하고 귀족적이며 천재적이었던 반면 두보의 시는 서민적이고 사실적이며 성실성을 바탕으로 하고 있습니다. 이백은 어느 누가 쉽게 따라 할 수 없는 경지에 이르렀기에 시선詩仙(시의 신선)이라 불렸습니다. 반면에 두보는 시성詩聖(시의 성인)이라 불렸는데, 그의 시가 현실지향적이고 성실하게 학문을 갈고닦으면 이를 수 있는 경지라고 여겨져 많은 시인들이 두보를 따랐기 때문입니다.

두보의 시는 현재 1,450여 편이 전해지는데 대부분 평민적이고 인간적이며 현실에 대한 치밀한 모색을 바탕으로 하고 있습니다. 두보는 출세하여 성군 아래에서 백성을 진정으로 위하는 정치를 하고 싶다는 이상과 여러 번 좌절 끝에 은거의 삶을 살아야 했던 현실 사이에서 평생 갈등했습니다. 그의 시에는 자신의 현실적 고통과 더불어 전쟁 후 고통스러운 삶을 살아가는 백성들의 생활이 고스란히 녹아 있습니다. 두보는 현실에 대한 인간적 고뇌를 시의 예술로 승화시키고 백성의 삶에 대한 끝없는 탐구로 새로운 감동을 전해 주었기 때문에 중국 최고의 시인이라는 명예를 얻게 되었습니다. 두시언해는 두보의 시를 한글로 풀어서 쓴 것입니다.

제6장

두시언해

춘망

두보

중국 최고의 시인이 지켜본 전쟁의 비극

두보는 당나라가 정치적으로 불안한 시기에 활동했습니다. 당나라 황제 현종은 젊었을 때 나라를 태평성대로 이끌었으나 노년에 접어들어 도교에 빠져 막대한 국비를 소모하고 양귀비를 비로 맞으며 정사를 돌보지 않았으므로 각처에 탐관오리들이 득실댔습니다. 관리들의 부정부패가 만연했고 백성들의 삶은 점점 어려워졌습니다. 그러던 중 양귀비와 현종이 신임했던 안녹산이 자신과 세력 다툼을 하던 양귀비의 6촌 양국충을 쫓아낸다는 구실로 범양(지금의 북경)에서 반란을 일으켰습니다. 이를 '안사의 난'이라 부릅니다.

755년 11월에 안녹산은 15만 명의 군사를 이끌어 낙양을 점령하고 이듬해 1월에는 연(燕)이라는 나라를 세우고 스스로 황제가 되었습니다. 6월에는 황제가 있는 장안으로 쳐들어가게 됩니다. 현종과 양귀비, 귀족들은 촉 지방(지금의 사천성)으로 도망가고 황태자 이형은 도성을 반군에 내주고 장안의 북쪽 영무(지금의 회족자치구)에서 즉위하여 숙종이 되었습니다. 이 소식을 들은 두보는 새로 즉위한 황제에게 충성을 다짐하고 나라의 인재가 되기로 하였으나 숙종에게로 가는 도중 안녹산의 군대에 사로잡혀 장안에 연금됩니다. '춘망'은 두보가 46세 때 지은 작품으로 장안에 연금되었을 당시 지켜본 전쟁의 비극과 고향에 대한 그리움을 애절하게 노래한 시입니다.

나라는 망해도 산하는 그대로인데
성 안에는 봄이 와서 초목이 짙어졌구나.

안녹산의 군대가 낙양성을 함락했습니다. 안녹산을 피해 장안의
북쪽에 있는 당 숙종을 알현하러 가던 두보는 도중에 적군에 사로
잡혀 강제로 장안에 머물게 됩니다.
낙양성은 안녹산의 군대에 의해 폐허가 되었지만 봄이 와서 나무
와 풀의 푸릇함이 물이 올라 아름다운 풍경이 선명한 대조를 이
루고 있습니다. '나라는 망해도 산천초목은 변함없다'는 대목은
인생의 무상함을 노래하는 유명한 구절로 후에 널리 회자됩니다.

시절을 한탄하니 꽃도 눈물을 뿌리게 하고,
이별을 슬퍼하니 새소리에도 가슴이 놀라는구나.

두보는 장안에 꼼짝없이 갇혀 있으면서 그곳에서 꽃이 피어난 아름다운 풍경을 봅니다. 마루에 나와 앉아 자신의 처량한 신세와 아름답게 피어난 꽃을 비교해 보니 감정이 북받쳐 올라 눈물이 흐릅니다.

나라는 망해도 산천은 그대로이고, 자신은 처량한 신세이지만 꽃은 변함없이 피어난다는 사실이 두보의 감정을 울렸던 것이겠지요. 깊은 감상에 젖어 있던 두보는 새소리에도 깜짝 놀랍니다. 평화로운 시대에는 아름다운 풍경을 보고 들으면 그저 즐겁게 감상할 수 있습니다. 하지만 너무나도 살기 힘든 세상이다 보니 꽃이 핀 모습을 보고 눈물이 흐르고 새소리를 듣고도 놀라게 되는 것입니다.

봉화는 석 달째 이어지고,
집의 소식은 만금보다 값지다.

장안에서 전쟁을 알리는 봉화가 계속 이어지고 있습니다. 전쟁이
끝날 줄 모르고 이어지니 가족의 소식을 모르는 두보는 돈을 많이
주고서라도 가족의 소식을 알고 싶을 만큼 답답합니다.

흰머리는 긁을수록 더욱 적어져,
다 모아도 비녀를 이기지 못할 듯하다.

몸과 마음이 피폐해진 두보는 머리카락이 많이 빠졌습니다. 머리
를 묶으려고 빗질을 하는 두보는 머리카락이 얼마 남지 않아 비녀
조차 꽂기 힘들어진 자신의 모습을 보며 한숨짓습니다. 이 구절은
구체적인 상황을 제시함으로써 감정에 대한 직접적인 언급 없이
도 화자의 심정을 절절하게 표현하고 있습니다. 이러한 수사법은
두보가 지은 시의 뛰어난 장점입니다.

춘망(春望)

두보

나라히 파망(破亡)ᄒᆞ니 뫼콰 ᄀᆞᄅᆞᆷᄲᅮᆫ 잇고,

잣 앉 보ᄆᆡ 플와 나모ᄲᅮᆫ 기펫도다.

시절(時節)을 감탄(感嘆)호니 고지 눉므를 ᄲᅳ리게코,

여희여슈믈 슬후니 새 ᄆᆞᅀᆞ믈 놀래ᄂᆞ다.

봉화(烽火)ㅣ 석 ᄃᆞᄅᆞᆯ 니ᅀᅥ시니,

지빗 음서(音書)ᄂᆞᆫ 만금(萬金)이 ᄉᆞ도다.

셴 머리ᄅᆞᆯ 글구니 ᄯᅩ 뎌르니,

다 빈혀ᄅᆞᆯ 이긔디 몯ᄒᆞᆯ ᄃᆞᆺᄒᆞ도다.

(원문)

國破山河在 (국파산하재)

木城春草深 (성춘초목심)

感時花遷淚 (감시화천루)

恨別鳥驚心 (한별조경심)

烽火連三月 (봉화연삼월)

家書抵萬金 (가서저만금)

白頭搔更短 (백두소경단)

渾欲不勝簪 (혼욕부승잠)

핵심 정리

- 형식: 5언 율시
- 연대: 서기 757년, 두보 46세 때
- 출전: 『두시언해』
- 성격: 회고적, 감상적
- 주제: 전쟁으로 인한 고통과 상심
- 의의: 선명하게 대비되는 이미지로 전쟁의 참상과 고향에 대한
  그리움, 나라에 대한 걱정 등을 잘 표현한 작품으로 당대 현
  실을 잘 반영했다는 평가를 받음

강촌

두보

두보가 간절히 원했던 평화로운 풍경

두보는 문학성과 인간애를 두루 지닌 위대한 시인이었습니다. 그
러나 전란으로 인해 고향을 떠나 가난을 이기지 못해 병약한 몸으
로 평생을 방랑하며 살았습니다. 그러던 중 그의 나이 49세 때 '강
촌'을 집필할 무렵 모처럼 사천성의 성도에 정착하여 가족과 함께
비교적 평온하게 생활하며 이전부터 앓았던 폐병을 치료할 수 있
었습니다. 두보의 생애에서 가장 평온하던 시절이었습니다. 지금
도 중국의 성도(지금의 청도)에는 두보가 살았던 초당이 복원되어
두보의 시집과 자료 등이 함께 전시되고 있습니다.

병을 앓아 쇠약해진 두보가 아들의 어깨에 의지하여 아내와 함께
한적한 마을의 소박한 집으로 들어가고 있습니다. 두보는 몸이
쇠약한 상태였지만 이곳에서 한가하고 평화롭게 생활하며 몸과
마음을 회복해 갑니다.

맑은 강물 한 굽이 마을을 안아 흐르니,
긴 여름 강촌에 일마다 한가하구나.

도입부에서는 맑은 강이 마을을 안고 흐르는 강촌을 멀리서 본 풍
경을 노래합니다. 속세와 달리 전쟁도, 정치 싸움도 없이 그저 한
가롭고 평화로운 풍경을 바라보고 있자니 마음이 편안해집니다.

절로 가며 절로 오는 것은 지붕 위의 제비요
서로 친하며 가까운 것은 물 가운데 갈매기로다.

앞 구절이 마을을 둘러싼 강의 풍경을 멀리서 바라본 모습이라면,
이 구절은 작자의 시선이 집 안에 머물며 집에서 강을 바라본 풍
경을 그리고 있습니다. 집 처마에는 제비가 집을 지었고 제비와
어울려 한가롭게 날아다니는 갈매기가 풍경을 더욱 평화롭게 만
들고 있습니다.

늙은 아내는 종이를 그려 장기판을 만들거늘
어린 아들은 바늘을 두드려 고기 낚을 낚시를 만든다.

두보와 가족은 전쟁으로 인한 위험과 고단함이 없는 곳에서 평범
한 일상을 보냅니다. 아내와 어린 아들이 장기판과 낚싯바늘 만드
는 것을 보는 두보는 마음이 편안합니다.

많은 병에 얻고자 하는 바는 오직 약물(藥物)이니
조그마한 몸이 이 밖에 다시 무엇을 구하리오.

병을 앓는 두보는 아직 바깥 출입이 힘든 상황이지만 따뜻한 날씨
덕분에 방문을 열고 아내와 아들을 기분 좋게 바라보고 있습니다.
이제 원하는 것은 자신의 병이 낫는 것뿐입니다. '강촌'은 두보 평
생 가장 평화롭고 행복했던 시절을 따뜻한 시선으로 노래하는 작
품입니다.

강촌(江村)

두보

물ᄀᆞᆫ ᄀᆞᄅᆞᆷ ᄒᆞᆫ 고비 ᄆᆞᅀᆞᆶ 아나 흐르ᄂᆞ니

긴 녀릆 강촌(江村)애 일마다 유심(幽深)ᄒᆞ도다.

절로 가며 절로 오ᄂᆞᆫ 집 우흿 져비오,

서로 친(親)ᄒᆞ며, 서르 갓갑ᄂᆞᆫ 믌 가온딧 ᄀᆞᆯ며기로다.

늘근 겨지븐 죠ᄒᆡ를 그려 쟝긔파ᄂᆞᆯ 밍ᄀᆞᆯ어ᄂᆞᆯ,

져믄 아ᄃᆞᄅᆞᆫ 바ᄂᆞᆯ룰 두드려 고기 낫굴 낙술 밍ᄀᆞᄂᆞ다.

한 병(病)에 엇고져 ᄒᆞ논 바ᄂᆞᆫ 오직 약물(藥物)이니,

져구맛 모미 이 밧긔 다시 므스글 구(求)ᄒᆞ리오.

(원문)

清江一曲抱村流 (청강일곡포촌류)

長夏江村事事幽 (장하강촌사사유)

自去自來堂上燕 (자거자래당상연)

相親相近水中鷗 (상친상근수중구)

老妻畵紙爲碁局 (노처화지위기국)

稚子敲針作釣鉤 (치자고침작조구)

多病所須唯藥物 (다병소수유약물)

徵軀此外更何求 (징구차외경하구)

핵심 정리

- 형식: 5언 율시
- 연대: 서기 760년, 두보 49세 때
- 출전: 『두시언해』
- 성격: 한정적, 서정적, 자조적
- 주제: 한가하고 평화로운 강촌에서 느끼는 안분지족의 삶
- 의의: 두보의 생애 유일하게 마음의 안식을 가졌던 곳에 대한 작품

강남봉이구년

사십 년 만에 만난 벗과 젊은 날을 추억하다

두보

'강남봉이구년'은 두보가 사망하던 59세 때 남긴 생애 마지막 작품입니다. 이 작품을 쓸 무렵, 두보는 가족을 이끌고 장강(양쯔강)의 배 위에서 어려운 선상 생활을 하던 중 담주라는 곳에서 젊은 날 만난 적 있던 당대 제일의 가객인 이구년을 사십 년 만에 우연히 만나게 됩니다. 늘어 죽을 날이 얼마 남지 않은 두 사람이 아름답고 평화로웠던 젊은 날을 추억하며 강남을 유랑하게 된 처지를 그리고 있습니다.

'강남봉이구년'은 두보의 7언 절구 가운데 단연 압권이라고 평가됩니다. 28자의 짧은 시행 속에 태평한 시절에 만났던 벗 이구년과 사십 년 후 다시 만난 이구년과의 남다른 감회를 담담하게 압축하고 있어 시성으로 불렸던 두보의 천재성이 드러나기 때문입니다.

두보는 말년에 난리를 피해 지붕을 지푸라기 등으로 엮은 배를 타고 강남 지방을 유랑하며 어렵게 삶을 이어 갔습니다. 배 위에서 밥을 지어 먹고 잠을 자는 어려운 생활이 계속되었습니다. 두보의 고단한 삶을 뒤로하고 장강의 풍경은 아름답기만 합니다.

기왕의 집 안에서 늘 보았더니
최구의 집 앞에서 몇 번을 들었던가?

사십 여 년 전 두 사람의 인생이 황금기였던 시절이 있었습니다.
청년 시절의 젊은 두보와 이구년이 왕족인 기왕의 집 앞에서 인
사를 나누고 있습니다. 이구년은 왕족의 집에 초청받아 공연을
할 정도로 이름난 소리꾼이었습니다.
최구라는 사람은 무척 잘사는 사람이었는지 그의 집 앞에는 광장
같이 큰 공간이 있었는데 이구년은 그 앞에서 공연을 여러 번 했
고 두보는 이구년의 공연을 몇 번이나 보았습니다.

참으로 이 강남의 풍경이 좋으니
꽃 지는 시절에 또 너를 만나 보는구나.

봄이 온 양쯔강 주변 절벽에는 봄꽃이 아름답게 피어 있습니다.
양자강을 유랑하던 두보는 육지에 배를 대고 강남 어느 곳에 잠시
내렸습니다. 그는 고단한 생활 속에서도 아름다운 풍경에 감탄할
줄 아는 시인다운 감성을 지니고 있었습니다.
큰 나무 아래서 두보와 이구년이 우연히 만나 반갑게 손을 맞잡고
있습니다. 이제는 젊은 날의 모습은 간데없이 백발이 무성한 두
노인 뒤로 낙엽이 흩날립니다. 아름다운 봄 풍경이 두 사람의 젊
은 시절로, 잎이 지는 가을 풍경이 노인이 된 두 사람으로 대비되
어 최고의 절창이 완성됩니다.

강남봉이구년(江南逢李龜年)

두보

기왕(岐王)ㅅ 집 안해 상녜 보다니,

최구(崔九)의 집 알픠 몃 디윌 드르뇨.

정(正)히 이 강남(江南)애 풍경(風景)이 됴ᄒ니,

곳 디ᄂ 시절(時節)에 쏘 너를 맛보과라.

(원문)

岐王宅裡尋常見 (기왕택리심상견)

崔九堂前幾度聞 (최구당전기도문)

正是江南好風景 (정시강남호풍경)

落花時節又逢君 (낙화시절우봉군)

핵심 정리

- 형식: 7언 절구
- 연대: 서기 770년, 두보 59세 때
- 출전: 『두시언해』
- 성격: 회상적, 애상적
- 주제: 젊었을 때 만난 사람을 늙어서 다시 만나 느끼는 인생의 무상함
- 의의: 두보가 숨을 거둔 해에 지은 두보 최고의 7언 절구 작품

이토록 친절한 문학 교과서 작품 읽기 : 시조·민요·두시언해 편

초판 1쇄 인쇄 2018년 6월 25일
초판 3쇄 발행 2019년 1월 15일

지은이 하태준
펴낸이 김선식

경영총괄 김은영
편집 박화수 **디자인** 심아경 **책임마케터** 이유진, 양서연
콘텐츠개발3팀장 윤세미 **콘텐츠개발3팀** 심아경, 한나비, 이현주, 박화수
마케팅본부 이주화, 정명찬, 최혜령, 이고은, 이유진, 양서연, 박태준, 허윤선, 김은지, 배시영, 기명리
저작권팀 최하나, 추숙영
경영관리본부 허대우, 권송이, 임해랑, 김재경, 최완규, 손영은, 이우철
외부스태프 남성훈, 이선희(일러스트)

펴낸곳 다산북스 **출판등록** 2005년 12월 23일 제313-2005-00277호
주소 경기도 파주시 회동길 357 3층
전화 02-704-1724
팩스 02-322-5717 **이메일** dasanbooks@dasanbooks.com
홈페이지 www.dasanbooks.com **블로그** blog.naver.com/dasan_books
종이 한솔피엔에스 **출력·인쇄** 민언프린텍 **후가공** 평창 P&G **제본** 정문바인텍
ISBN 979-11-306-1750-3 (44810)
       979-11-306-1747-3 (전3권)

다산북스(DASANBOOKS)는 독자 여러분의 책에 관한 아이디어와 원고 투고를 기쁜 마음으로 기다리고 있습니다. 책 출간을 원하는 아이디어가 있으신 분은 이메일 dasanbooks@dasanbooks.com 또는 다산북스 홈페이지 '투고 원고'란으로 간단한 개요와 취지, 연락처 등을 보내 주세요. 머뭇거리지 말고 문을 두드리세요.